신혼
예찬

결혼식 이후가 궁금한 갑남을녀에게

신혼예찬

김예지 지음

harmonybook

목 차

0. 연애에서 결혼까지

1. 닮아서 좋은, 달라도 좋은

2. 현실부부, 현실신혼

3. 연애보다 두근두근

0. 연애에서 결혼까지

겨울에서 봄

남편과 처음 만난 때는 2016년 1월.

같은 부서로 발령받은 그와 나는 등을 맞대고 앉게 되었다. 주말에 미리 출근해 컴퓨터 설치를 비롯한 업무환경을 완벽히 세팅한 그는 원래 그 자리에 있던 사람처럼 여유롭게 사내 게시판을 둘러보고 있었다. 원피스 차림으로 낑낑대며 짐을 옮기는 나에게 눈길 한 번 주지 않던 그의 뒤통수를 향해 물었다.

"혹시 인터넷 연결하는 법 아세요?"

그의 뒤통수는 묵묵부답이었다. 결국 부서의 다른 직원에게 도움을 구하려고 일어서려는 찰나, 그가 출력물 한 장을 불쑥 내밀었다. 인터넷 연결 매뉴얼이었다.

그날 점심은 신규 발령자들이 이사님께 인사하는 자리였다. 그 연세 어르신들답게 나이와 고향, 출신 학교에 대한 질문을 던지며 답변을 하나씩 회수하시던 이사님의 마지막 질문은 예상대로 '결혼'이었다.

'아직은 계획이 없습니다.'라는 같은 답변을 내놓은 우리 둘에게 이사님이 한마디 덧붙이셨다.

"멀리서 찾지 마. 둘이도 잘 어울리네."

'동료'인 그가 '남자'로 보이기까지는 긴 시간이 걸리지 않았다. 발령 다음날 참석한 젊은 직원들끼리의 술자리에서 내 맞은편에 그가 앉아있었다. 새로운 사람들과의 대화와 분위기에 취해 한 잔 두 잔 술잔을 기울이다 정신을 차렸을 때, 나는 3차로 간 호프집에서 춤을 추고 있었다. 보다 못한 동료들이 등을 떠밀었는지, 아니면 내 발로 직접 나왔는지 정확히 기억나지는 않지만 어쨌든 그 귀갓길에 동행해준 이가 바로 남편이었다.

비 오는 늦은 밤, 작은 우산 하나에 몸을 밀어 넣고 어두운 길을 걷다 보니 자연히 거리가 가까워졌다. 이사 온 지 며칠 되지 않은 데다 취기까지 더해져 아파트 입구에서 비밀번호를 찾느라 한참을 헤매는 동안에도 남편은 옆에서 우산을 들어주었다. 그날 밤 남편은 정작 자기네 집을 찾지 못해서 아파트 단지를 몇 바퀴나 뱅뱅 돌았다는 이야기를 동료에게 전해 들은 순간이 아마도 내가 남편을 '남자'로 인식한 첫 순간이 아니었을까. 돌이켜보면 참 빨랐다. 만난 지 이틀 만에 마음을 빼앗기다니.

그 주 금요일, 남편이 먼저 데이트를 제안했다. 우리의 첫 데이트가 내 마음을 먼저 읽은 남편의 배려도, 타지에서의 주말이 심심해서 툭 던져 본 빈말도 아니었기를 바란다. 그 또한 며칠 만에 내게 마음을 빼앗겨 우리의 사랑은 운명처럼 시작된 것이라고, 나는 믿기로 했다.

여름

여느 커플들처럼 우리는 물 흐르듯 가까워졌다. 매일 밤 함께 퇴근을 하고, 주말이면 각자의 고향에 가는 대신 진주에 남아 데이트를 했다. 처음에는 직장 동료인 남자사람과 둘이서 밥을 먹는 게 어색했는데, 두 번 세 번 먹다 보니 단둘이 술도 한 잔씩 하는 사이가 되었다. 술을 마시나 영화가 대화 주제로 떠오르면 자연스럽게 영화 약속을 잡고 주말을 기다려 극장에 갔다. 연인들의 데이트 장소를 찾아다니며 서로의 사진을 찍어주던 우리는, 어느 날부터 머리를 모으고 우리 둘을 한 장의 사진에 담기 시작했다.

그해 여름, 진주로 여행 오신 남편의 부모님과 식사 자리를 가졌다. 일부러 찾아뵙고 드리는 인사도 아니고 미리 잡은 약속도 아니었다. 그런 자리에서 '결혼' 이야기가 나왔다. 어머님께서는 이미 궁합까지 보셨다고 했다. 반년을 만나면서도 단 한 번도 결혼 이야기를 꺼낸 적 없던 남편이었다. "엄마는 처음 보는 자리에서 왜 그런 얘기를 해." 남편이 얼굴을 붉혔다.

"답답해서 그런다. 나라도 나서야지."

어머님의 말씀을 듣자 하니 남편은 이미 집에서 결혼을 재촉 받는 상황이었다. 나는 그런 상황에서 나를 부모님께 소개한 남편의 의도를 마음대로 해석했다. 내심 기분이 좋았다.

가을

호감은 쉽지만 사랑은 어렵다. 결혼은 사랑보다 열 배는 더 어렵다. 남편을 만나기 전 경험한 이별들 중에는 '결혼'이 직간접적 원인이었던 경우도 꽤 많았다. 대부분 속도 차이 문제였다. 20대의 내게 결혼은 낯설고 두렵기만 했다.

딩시 내가 생각하던 결혼에 대한 이미지는, 주변 기혼자들의 삶을 보며 만들어진 것이었다. 그녀들은 나와 신분이 다른 사람들 같았다. 내가 다시 학생이 될 수 없는 것처럼 다시 '개인'이 될 수 없는, 시작만 있고 끝은 없는 새로운 신분. 가장 가까운 곳에 나의 엄마가 있었다. 누군가의 아내, 엄마, 며느리로 살며 언제나 뒤로 밀려나있는 후순위의 삶. 그것이 내가 생각하던 유부녀의 모습이었다.

그 무렵 선선한 밤거리를 함께 걷다가 남편이 말했다.

"자기는 결혼해도 지금이랑 똑같이 살면 돼."

마치 내 마음을 읽은 듯 남편이 무심결에 내뱉은 그 말은 내가 결혼을 결심하게 된 결정적 계기가 되었다. 내 막연한 불안과 두려움을 먼저 알아주는 남편과 함께라면, 결혼 후에도 여전히 철없고 자존심 센 여자애로 살아도 될 것 같은 안도감이 들었다.

겨울

상견례는 영천의 어느 한정식당에서 했다. 부모님들은 식사는 하는 둥 마는 둥 허리를 꼿꼿이 세운 채 어색한 대화를 나누셨다. "오시는 길은 괜찮으셨어요?"라고 예비 시아버지께서 말씀하시면 "네. 길이 좋아서 편하게 왔어요."라고 엄마가 말씀하시는 식이었다. 반찬 이야기, 식당 이야기, 고향 이야기가 드물게 등장했고 대부분의 시간은 침묵이 채웠다. 식사가 끝날 때까지도 결혼 이야기는 일절 나오지 않았다. 우리의 상견례가 평범하지 않았다는 것은 이후 친구들의 경험담을 통해 알았다.

상견례가 끝났지만 달라진 건 없었다. 우리는 회사에 다니고 퇴근 후에는 데이트를 하며 일상을 보냈다. 그러던 어느 날, 엄마에게 전화가 왔다. 친구분들이 결혼식 날짜를 물어보신다고 했다.

"결혼식 말이지? 오빠랑 잡아볼게."

엄마는 그런 게 아니라며 날은 신부 부모 측에서 잡는 것이라고 했다. 며칠 후 엄마는 철학관에 가서 날을 받아오셨다.(엄마도 친구분들을 통해 알게 되신 것 같았다.) 나중에 알고 보니 예비 시어머니께서는 상견례 이후 도통 소식이 없어 내심 걱정을 하셨다고 한다. 우리와 마찬가지로 우리 부모님들도 처음 치르는 일이었다. 모든 게 서툴렀다.

비로소 결혼이 공식화되었다. 우여곡절은 없었다. 돌이켜보면 부모님들의 배려 덕분이다. 우리의 결혼 준비가 완벽했을 리는 없다. 다만, 성인이 된 아들, 딸이 독립해 새로운 가정을 만들어가는 일에 부모님들은 한 발짝 물러나 너그러이 지켜봐 주셨다.

예물은 커플링으로 하나씩 나누어 갖고, 허례허식은 최대한 생략했다. 신혼집은 회사 근처의 오피스텔로 정했고, 신혼 살림은 서로가 가지고 있는 것들을 활용하기로 했다. 살림을 모으고 보니 침대 하나만 사면 당장이라도 함께 사는데 무리가 없었다.

동거하듯 살기. 우리의 결혼 모토였다.

그리고 또 봄

대부분의 날은 시간이 지나며 잊힌다. 하지만 어떤 날은 세월이 갈수록 더 짙어진다. 결혼식 날이 바로 그런 날이다.

하필 그날 근처에서 마라톤 대회가 열려 도로가 통제된다는 소문이 돌았다. 하객들도 걱정이었지만 당사자인 우리가 제시간에 가지 못할까 봐 며칠 전부터 전전긍긍이었다. 그래서 새벽부터 서두른 탓인지 예식 시간보다 두 시간이나 일찍 도착하고 말았다.

식장은 텅 비어있었다. 수많은 사람들 앞에서 여배우처럼 화려한 스포트라이트를 받는 나를 상상해왔지만, 현실은 좀 달랐다. 나는 화장실에도 못 가고 멀뚱멀뚱 벽만 보며 앉아있어야 했다. 하객들을 기다리는 동안 꽉 쪼인 드레스가 불편해 숨을 폭폭 몰아 쉬었더니 금방이라도 흘러내릴 듯 불안한 상태가 되어버렸다.

곧 하객들이 왔다. 내 어린 시절을 속속들이 아는 친척들과 이웃 어르신들이, 학창시절 자매만큼 친했던 친구들이, 함께 취업을 준비한 선후배들이 찾아왔다. 너무 많은 사람들이 너무 짧은 시간에 나타났다 사라졌다. 한 사람 한 사람 이름을 부르고 눈을 맞출 시간도 없었다. 뒤늦게 서울로 올라가는 차 안에서야, 멀리서 온 친구들의 얼굴이 떠올랐다. 진심으로 미안했다.

마냥 행복할 줄 알았던 결혼식 날, 다양한 감정이 두서없이 튀어나왔다. 내 삶의 순간순간 함께 했던 사람들을 한자리에서 보고 있자니 마치 내 인생의 테이프를 돌려 감아보는 듯한 기분이 들었다. 그렇게 정신 없는 몇 시간이 지나고 나니 유부녀가 되어있었다. 한 번 더 하면 보다 잘할 수 있을 것 같지만, 그런 생각은 마음 속에만 담아두기로 하자.

1. 닮아서 좋은, 달라도 좋은

흔한 신혼의 아침

신혼집에서 맞이하는 첫 아침은 결혼 전과 별반 다르지 않았다. 알람 소리에 일어났을 때, 남편은 이미 옆에 없었다. 두 번째 알람이 울릴 때까지 이불 속에서 꼼지락거리다가 겨우 몸을 일으켜 샤워실로 향했다. 두 개의 칫솔, 두 장의 수건, 그리고 면도기. 달라진 것은 그뿐이었다. 샤워를 하고 머리를 말리고 화장을 하면서 나는 여전한 내 모습에 안도했다.

아. 결혼 후에도 나는 변함없이 나인 거구나.

준비를 마치고 아침드라마를 보던 남편이 화장을 끝낸 나와 눈이 마주치자 겉옷을 집어 들었다. 우리는 나란히 밖으로 나와 지하에 주차된 남편의 차를 타고 회사로 향했다. 결혼 전에도 우리는 같은 단지의 회사 합숙소에 살았었다. 매일 지하 주차장에서 만나 함께 출퇴근을 하던 사이다.

달라진 건 아무것도 없었다. 적어도 내 시점에서는 그랬다.

2주쯤 지났을 무렵, 평소처럼 몇 번의 알람을 듣고 일어나 서둘러

머리를 감고 나왔을 때, 미숫가루가 담긴 머그컵이 눈앞에 놓여있었다.

"이게 뭐야?"

"미숫가루. 찹쌀떡도 있어!"

남편이 가리키는 접시에는 하얗고 동그란 찹쌀떡 두 덩이가 먹음직스럽게 들어있었다. 지난번 시댁에서 얻어온 찹쌀떡이다.

"웬일로 아침이야?"

"그냥. 굶으니까 배가 고프더라고."

"오빠 원래 아침 챙겨 먹었어?"

"매일은 아니고. 가끔."

남편은 대답을 얼버무리며 먼저 비운 컵을 개수대에 넣었다. 그날부터 남편은 매일 같은 방식으로 아침을 챙겼다. 그리고 찹쌀떡이 다 떨어질 무렵, 나는 처음으로 밥이라는 것을 해 보았다. 생각보다 어렵지 않았다. 물이 조금 부족하면 부족한 대로, 많으면 많은 대로, 밥솥은 재주껏 먹을 만한 밥을 만들었다.

우리의 신혼 첫 아침을 남편의 시점에서 돌아본다.

"혼자 산지 오래돼서 누군가와 욕실을 공유하는 것도 걱정이야."

결혼 전 내가 무심코 내뱉은 말을 기억한 남편은 평소보다 20분 일찍 일어나기로 마음먹었다. 결혼 전에는 나와 마찬가지로 알람 소리를 몇 번이나 끄면서 이불 속에서 빠져 나오기를 미루던 그에게 20분은 결코 짧은 시간이 아니었을 것이다. 게다가 신혼집에서의 첫날밤을 만끽하느라 우리는 새벽녘에야 잠들지 않았던가.

하지만 그는 과감하게 이불에서 빠져 나와 먼저 씻었다. 그리고 내가 씻는 동안 머리를 말리고, 내가 머리를 말리는 동안 로션을 바르고, 내가 로션을 바르는 동안 드라마를 보며 기다리다가 마침내 내가 준비를 마치면 함께 집을 나섰다.

그러다 손수 아침까지 준비하기 시작했다. 자취생활 10년 동안 아침식사는 남의 일처럼 여기고 살아온 아내에게 아침을 기대할 수 없겠다고 깨달은 것일지도 모른다.

결혼 후에도 여전히 '나'로 살아간다는 것은 전과 같은 시간에 일어나고 잠들며 결혼 전과 다름없이 생활한다는 의미는 아니다. 우리는 결혼이라는 제도를 받아들이며 하나의 공동체가 되었고, 그 결과로 같은 공간과 시간을 공유하기 때문이다.

삶의 많은 부분을 다른 누군가와 공유하면서 이전에 살아온 방식을 유지한다는 것은 애초에 모순이었다. 어릴 적 동생과 방을 공유할 때부터 직장에서 동료들과 규정과 제도를 공유함에 이르기까지, 공동체에 속함으로 인해 우리는 구성원들에 대한 이해와 배려를 무수히 요구받지 않았던가. 일생 동안 하나의 공동체로 묶이는 '결혼' 제도가 나에게 전과 다름없는 삶을 허락해 주리라고 기대한 것은 '결혼'의 이점만 취하고 조금의 불편도 감수하지 않겠다는 욕심이었는지도 모른다.

내 공간에 누군가를 받아들이고, 누군가의 공간으로 내가 들어가는 것.

같은 시간에 각자의 가치관과 판단력을 가진 두 사람이 함께 머무는 것.

결혼에는 양보와 배려가 필요하다. 혼자가 아닌 둘이 되었음에도 여전히 마냥 편하고 만족스럽기만 하다면 내 옆에 있는 사람이 날 위해 희생하고 있지는 않은지 돌아볼 필요가 있다.

얼마 지나지 않아 내게는 밤에 샤워하는 습관이 생겼다. 여유롭게 씻고 깨끗한 몸으로 잠자리에 들 수 있으니 오히려 더 개운하고 아침에 느지막이 일어나도 간단히 세수만 하면 출근 준비가 끝나니 훨씬 여유롭다. 남편은 결혼 전처럼 몇 번의 알람이 울린 후에야 일어나는 생활로 돌아갔다.

먼저 준비한 사람이 아침을 챙긴다. 밥하는 재미는 안타깝게도 오래가지 않았다. 밥 대신 선택한 아침 메뉴는 주로 떡과 우유다. 아침 드라마를 보면서 간단하게 먹을 수 있고 잡곡이 듬뿍 들어있어서 몸에도 좋다.

가끔 면도를 하는 남편 옆에서 양치를 해야 할 때도 있지만 우려했던 만큼 나쁘지는 않다.

아마도 우리는 서로의 삶에 조금씩 젖어 드는 중인가 보다.

앉아서 소변보기

결혼은 처음이지만 동거 경험은 있었다. 내 인생의 동거인들을 세려면 양손과 두발을 동원해도 모자랄 정도다.

태어나자마자 한 집에서 살게 된 부모님, 그리고 4년 후에 태어난 동생이 내 인생 첫 동거인들이다. 첫 동거인들과는 딱히 부딪힐 일이 없었다. 너무 당연하고 익숙했고(가출을 하지 않는 이상) 달리 대안이 없었으니 서로 맞지 않는 부분도 기꺼이 감수하며 살았다.

고등학교 2학년 겨울, 나는 학교 기숙사에 입주했다. 호실마다 이층침대가 네 개씩 놓여있었으니 여덟 명이 방 하나를 쓴 셈이었다. 동거녀들 중 남다른 청결의 기준을 가진 친구가 있었다. 수건 하나로 일주일을 버티는 친구였다. 씻고도 돌아서면 땀이 흐르는 여름에도 그녀는 먼지 앉은 선풍기 위에 걸쳐두었던 수건을 쓰고 또 쓰고 또 썼다. 선풍기 바람을 타고 불쾌한 냄새가 온 방안에 퍼졌다. 그런 점만 빼면 귀엽고 공부도 열심히 하는 참 괜찮은 친구였다. 동거녀만 아니었다면 좋은 이미지로만 기억했을 친구다.

　대학교 때도 나는 기숙사에서 생활했다. 이번에는 호실당 네 명씩이었다. 학기마다 방을 새로 배정받았으니 졸업할 때까지 30여 명의 동거녀를 만난 것이다. 대학교 때의 기숙 생활은 내게 따뜻하고 그리운 추억이다. 하지만 그 추억을 헤집어보면 청소를 게을리하는 동거녀 때문에 마음 상했던 기억, 매일 야식을 먹자는 동거녀 때문에 일부러 일찍 잠들었던 기억, 새벽까지 스탠드를 끄지 않는 열공 동거녀 때문에 불면증으로 힘들었던 기억들도 분명히 있다.

　그 이후로도 짧게는 한 달, 길게는 일 년씩 방을 공유했던 동거녀들이 있었고, 서로 다른 생활 방식 때문에 마음 쓰던 일들도 있었다. 그런데도 나는 동거녀들에게 불편한 심기를 드러낸 적이 없다. 그런 종류의 말을 잘 꺼내지 못하는 편이기도 하거니와, '결혼한 것도 아니고 잠깐 살 거니까 좋게 지내자'는 마음도 있었다. 동거 기간이 지나면 다시 친구로, 선후배로 돌아갈 사이인데 괜히 서로 얼굴을 붉히거나 서먹해질까 두려웠다. 조금 불편하더라도 그냥 넘어가는 편을 택한 것이다.

　동거는 '잠깐'이지만 결혼은 '평생'이다. 동거 중에는 참아낼 수 있었던 불편도 결혼 생활에서는 두고 볼 수 없는 불만거리가 되었다. 매일 아침에 만나 같은 사무실로 출근을 하고 함께 퇴근을 하는 사이였음에도 한 집에 살면서 보게 되는 모습은 또 달랐다.

신혼 초, 우리의 첫 갈등은 남편의 '소변보는 법' 때문에 발생했다. 결혼 전 남편은 서서 소변을 보는 사람이었다. 어려서부터 30년 이상 같은 방식으로 소변을 보아온 남편에게 다른 대안은 있을 수 없었다. 반면 결혼 전 나는 남자가 소변보는 모습을 제대로 본 적이 한 번도 없었다. 텔레비전에서 보여주는 뒷모습 정도야 가끔 봤지만. 그런데 어느 날 소변을 보고 돌아오는 남편을 보며 이상한 기분이 들었다. 과연 이 남자는 내가 엉덩이를 붙이고 볼일을 보는 변기에서 어떤 자세로 소변을 보고 있는 걸까.

"오빠, 혹시 소변볼 때 서서 봐?"
남편은 당연한 걸 물어보는 내가 오히려 의아하다는 투로 반문했다.
"응. 서서 보기도 하고 가끔 벽에 손을 짚고 보기도 해. 왜?"
남편의 소변이 여기저기 튀어있을 변기 위에서 아무런 경계심 없이 편하게 앉아 볼일을 보고 양치를 해온 내 모습을 떠올리자 갑자기 소름이 돋았다.
"앉아서 보면 안 돼?"
"어떻게 앉아서 봐. 남잔데."

남편은 적잖이 당황한 눈치였다. 나는 다급하고 애절한 목소리로 다시 물었다.

"앉아서 볼 수는 없는 거야? 아니면 앉아서 보기가 싫은 거야?"

"모르겠어. 한 번도 앉아서 본 적이 없어서."

"그럼 한번 도전해봐. 부탁이야."

"근데 왜 그러는 거야 갑자기?"

"소변이 여기저기 튈 거 아냐. 더럽잖아."

"안 튀어. 나 깔끔하게 잘 봐."

나는 인터넷을 열어 남자가 서서 소변을 볼 때 얼마나 멀리까지 튀는지를 검색했다. 고맙게도 MBC 컬투 베란다쇼에서 실험한 자료가 있었다.

"이것 봐. 직경 40cm, 높이 30cm까지 튄대. 세면대까지도 튀겠어."

물끄러미 실험내용을 들여다보던 남편이 또다시 말했다.

"어디서 듣기로 소변이 더러운 게 아니래."

나는 또다시 인터넷을 열었다.

"오빠, 몸밖에 나오면 더럽대."

남편은 여전히 난처한 표정으로 마지못해 말했다.

"한번 시도는 해볼게."

그날 남편은 생애 처음 앉아서 소변보기에 도전했다.

"어땠어?"

"생각보다 나쁘지 않더라."

"오빠, 앉아서 소변을 보는 게 남자들 몸에도 좋대. 말끔하게 볼수 있어서 방광 건강에도 좋다네? 한번 읽어볼래?"

남편이 못 이기는 척 휴대폰을 넘겨받았다. '앉아서 소변보기'의 장점을 다룬 연구결과를 꽤 신뢰하는 표정이었다.

소변보는 법까지도 고쳐 준 남편과 또 무슨 갈등이 있을까 싶었지만 신혼 초기에는 정말 많은 부분에서 차이가 보였다. 그중 또하나는 침대를 대하는 자세의 차이였다.

남편은 퇴근 후 돌아오면 자연스럽게 침대 위에 올라가 휴대폰을 보는 오래된 습관을 가지고 있었다. 하지만 내게 침대나 이불에 올라가는 것은 씻고 밖에서 입던 옷을 갈아입은 후에야 가능한 일이다. 그렇다 보니 남편이 겉옷을 입고 침대 위에 올라갈 때마다 심기가 불편했다.

"오빠. 씻고 누우면 안 돼?"

"씻을 거야. 이것만 보고."

"그것만 보고 씻으면 뭐해. 벌써 더러워졌을 텐데."

남편은 못 이기는 척 욕실로 향하곤 했다. 비슷한 대화가 몇 번이나 오갔지만 남편은 그 후에도 한동안 자석에 이끌리듯 집에만 오면 곧장 침대 위로 쓰러졌다.

그러던 어느 날, 침실에 들어서는데 쓰러진 남편의 벗겨진 발이 나를 잡아 세웠다. 남편은 발만 침대 밖으로 내놓은 채 비스듬히 엎드려 있었다.

"왜 이렇게 누워있어?"

"자기가 씻기 전에 침대에 올라오는 거 싫어하길래."

"이건 침대에 올라간 게 아니야?"

"옷은 벗었고, 발은 밖이야. 발 위로는 깨끗해."

남편의 말에 웃지 않을 수 없었다. 그렇게 우리는 침대를 둘러싼 갈등의 평화로운 해결책을 찾았다. 요즘도 남편은 집에 오면 겉옷부터 벗는다. 그리고 침대 위에 엎드려 휴대폰을 연다. 가끔은 나도 씻지 않은 채 남편 옆에 엎드린다. 물론 발은 침대밖에 내놓은 채.

동거인으로서의 서로를 더 많이 알게 된 지금은 이렇다 할 갈등이 없다. 상대방이 싫어하는 선을 넘지 않고, 최소한의 영역을 존중해줌으로써 우리는 평화롭게 공생하는 법을 배우고 있다.

취향의 공유

평범한 부부의 금요일 저녁메뉴 고르기

"오늘은 뭐 먹을까?"

"자기가 먹고 싶은 걸로 먹자."

"난 아무거나 괜찮은데?"

"그래도. 매번 내가 골랐으니 이번엔 자기 차례!"

"그럼 삼겹살 먹을까?"

"음……. 다른 건 없어?"

"삼겹살은 싫구나. 그럼 1번 피자, 2번 치킨, 3번 돈가스. 셋 중에 오빠가 골라."

"음……. 닭갈비 먹을래?"

"뭐야, 나보고 고르라더니."

"튀긴 건 살찐단 말이야."

"그래. 닭갈비 먹자."

"대신 어느 닭갈비집에 갈지는 자기가 골라."

남편은 취향이 뚜렷하다. 특히 먹는 것에 있어서 더 뚜렷한 미식가다. 반면 나는 식욕이 많은 편도 아닌 데다 잡식가라 뭐든 잘 먹는다.

남편은 커피를 좋아한다. 특히 스타벅스를 좋아하고, 늘 아이스 아메리카노를 마신다. 나는 커피 맛을 모른다. 빵이나 과자를 먹을 때 곁들이는 용도가 아니면 따로 돈을 주고 사 먹지는 않는다.

남편은 음식에 대한 호기심도 많다. 새로운 식당이 보이면 들어가 보고 싶어 하고 자주 가는 식당에서도 신 메뉴는 꼭 시도해본다. 나는 늘 가는 식당의 단골 고객이며, 메뉴도 언제나 같은 걸로 주문한다.

남편은 마트에 가는 것도 좋아한다. 우유 하나를 사더라도 마트한 바퀴를 빙 둘러보며 시식도 하고 어떤 신기한 제품이 새로 들어왔는지 구경하고 싶어 한다. 반면 나는 인터넷 쇼핑을 즐긴다. 필요한 물건을 목록으로 만들어 두었다가 몰아서 산다.

나는 주말이면 씻지도 않고 방에 콕 박혀있기를 좋아하지만, 남편은 집 앞 카페라도 다녀와야 직성이 풀리는 타입이다. 일요일 아침이면 혼자 나가서 조조영화를 보고, 들어오는 길에 돼지고기와 두부를 사와 여전히 침대에 누워있는 내 코앞에 들이밀 때도 있다.

가장 가까운 곳에 나와 정반대의 취향을 가진 사람이 있다는 것은 꽤 즐거운 일이다. 메뉴판에서 신 메뉴를 뚫어지게 바라보는 남편의 시선은 새로 나온 장난감이 놓인 진열대에서 눈을 떼지 못하는 어린아이의 시선처럼 귀엽고 사랑스럽다.

"오빠. 그거 먹고 싶으면 시켜."
"자기가 먹고 싶은 건 따로 있잖아."
"아냐. 나도 새로운 거 먹어보고 싶어."

서로의 다른 취향을 조금씩 배려하다 보면 자연스럽게 상대방의 취향을 공유하게 된다. 남편의 취향을 따라 시킨 메뉴가 의외로 괜찮은 선택이었던 적도 많다. 남편의 추천으로 한 번도 시도해보지 않은 스타일의 옷을 입었다가 의외로 잘 어울려서 이것저것 새로운 스타일을 시도해보는 계기가 되기도 했다.

세상의 수많은 색깔 중 파란색만 고수하며 살아온 내 삶이, 노란색 취향을 가진 남편으로 인해 다채롭고 풍성해진 느낌이다. 남편 덕분에 가 보지 않은 길을 가게 되고 때로는 거기서 여태 몰랐던 진짜 내 취향을 발견하고 있다.

물론 모든 취향이 공유되는 것은 아니다. 커피가 그렇다. 단맛도 짠맛도 아닌 커피를 남편은 도대체 무슨 맛으로 먹는지 아직도 나는 잘 모른다. 그의 혀는 단맛도 신맛도 심지어 과일향도 느낀다고 한다. 그 말에 혹해서 한 모금 마셔 보면, 늘 속는 기분이다. 여전히 내게는 쓰기만 하다. 남편은 브랜드 별로 아메리카노 맛을 구분해내는 커피 마니아다. 그는 이렇게나 무딘 미각을 가진 내가 신기해 보일지도 모르겠다.

스타벅스에 가면 나는 커피 대신 초록색 과채주스를 주문한다. 옆에서 한 모금 마셔 본 남편은 내가 아이스 아메리카노를 마셨을 때와 비슷한 표정을 짓는다.

"이걸 무슨 맛으로 먹어?"

그럼 나는 남편이 쪽쪽 빨아먹고 얼음만 남겨둔 아이스 아메리카노 잔을 보며 말한다.

"내가 하고 싶은 말이야 오빠."

특별한 이유

외모도 성격도 평범한 우리가 서로에게 특별한 이유는 뭘까.

손글씨로 컵을 만드는 프로그램에 참여했다. 단지 내 글씨가 들어갔다는 사실 하나로 세상 가장 특별한 컵이 되었다. 컵 하나도 내 손이 닿았다고 특별해지는데 사람이면 오죽할까.

사랑에 빠진 우리가 특별한 이유는 서로에게 하나뿐인 '내 사람'이기 때문이다.

더 많이 특별해지도록, 더 듬뿍 사랑을 주자.

ENTP

회사 워크숍 프로그램으로 MBTI 검사에 참여했다. 100여 개의 질문에 대한 답변들 중에서 자신에게 더 자연스럽고 어울린다고 생각되는 항목을 선택하고, 선택한 항목들이 속한 범주에 따라 자신의 성격유형을 진단해 보는 검사다.

16개의 유형 중 나는 ENTJ 유형으로 분류되었다. 외향적이고, 직관적이며, 사고에 의한 의사결정을 선호하고, 인식보다는 판단에 따라 움직이는 유형이라고 한다. 해설지를 읽자니, 꽤 많은 부분에서 공감이 되었다. 솔직하고 결단력이 있으며 계획 수립을 즐긴다는 점에서다. 주로 장점에 공감했다는 점이 다소 민망하긴 하지만 어쨌든 그랬다.

나는 개인적인 일이든 업무와 관련된 일이든 일단 계획부터 짜고 보는 편이다. 결혼을 앞두고도 행사 계획표를 시간별, 역할별로 작성하여 사회, 축가, 접수를 담당한 지인들에게 버전별로 배포했을 정도다.

사적인 일에서도 예외는 없다. 명절과 집안 행사, 친구들과의 친목 모임까지도 내게는 모두 계획의 대상이다. 심지어 혼자 보내는 주말에도 할 일을 적어두고 달성 여부를 점검해야 직성이 풀린다. 나와 다른 유형의 사람들은 피곤한 스타일이라고 혀를 내두를 테지만 나로서는 즐거운 일이다.

워크숍에서 강사님이 말씀하시길, 개인의 성격은 타고난 기질에 가깝다고 한다. 훈련이나 경험을 통해서도 쉽게 바뀌지 않는다는 것이다. 그래서 다른 사람의 성격유형을 잘 이해하고 나와 다른 행동에 대해서 너그럽게 받아들이는 태도가 필요하다고, 그것이 나를 제대로 아는 것만큼이나 중요한 MBTI 검사의 목적이라고 한다. ENTJ인 내게 '인내심을 기르라'는 처방이 떨어졌다. 계획과 목표를 중요하게 생각하는 ENTJ 유형은 타인의 삶이나 행동에 대해 답답함을 느끼기가 쉽다고 하셨다.

MBTI 검사 결과지에 전적으로 공감이 되자 문득 남편의 성격유형이 궁금해졌다. 주말 오후, 볕이 잘 드는 카페에서 MBTI 검사지를 사이에 두고 남편과 마주 앉았다.

"이거 뭐야. 토익 시험지 같잖아."

숙제를 앞에 둔 초등학생처럼, 남편이 투덜거리며 검사를 시작했다. 정수리를 보이며 고개를 푹 숙인 채 한 문제씩 꼼꼼히 풀던 귀여운 남편은 잠시 후, ENTP 유형의 사람으로 분류되었다.

– 재빠르고, 영리하며, 활기차고, 기민하다.
– 똑같은 일을 동일한 방식으로 처리하는 경우가 드물다.
– 일상적인 일에 지루해 한다.
– 항상 새로운 것을 추구한다.
– 다른 사람으로부터의 권유나 참견은 질색이다.

해설을 읽다 보니 머리를 한대 얻어맞은 것 같았다. 나와 달라서 불만이었던 남편의 행동들이 타고난 기질 때문이라니. 나는 사소한 일들에서도 늘 규칙을 만들고 남편에게도 따라주기를 요구했었다. 약속을 할 때도 날짜와 시간까지 정확하게 정하고 조금이라도 어긋나면 남편을 몰아세우곤 했었다. 정해진 날짜, 시간까지 이행되지 않은 약속은 내 기준에서는 지켜지지 못한 것으로 분류되었다.

"이것만 마치고 하려고 했어."
내가 가장 싫어하는 말이었다. 억울하다는 남편의 표정도 내게는 변명처럼 보였다.
결혼을 준비할 때도 나는 많이 답답해 했다. 드레스, 스튜디오, 신혼여행, 청첩장을 비롯해서 모든 절차에 마감기한을 두었는데 남편이 맡은 부분은 좀처럼 진도가 나가질 않는 것이었다. 마감기한이 일요일이면 나는 목요일부터 재촉하기 시작했다.

"신경 안 써도 돼. 내가 알아서 할게."
"그렇게 말한 게 벌써 몇 번째야? 이번 주까지는 꼭 해야 된다고 했잖아."
같은 대화가 반복됐다. 대부분 나는 재촉하고, 남편은(내 기준에서 볼 때) 변명하고. 남편의 기질에 비추어보니 내가 정말 이상한 사람처럼 보였을 듯했다. 연애시절, 남편은 나를 참 많이 참아주고 있었다.

우리는 다른 안경을 통해 세상을 본다. 나는 내가 보는 세상이 정답인 줄 알았고, 거기에서 벗어나면 틀린 것이라고 생각했다. 아마 남편도 그랬을 것이고 대부분의 다른 부부들도 비슷할 것 같다. 성격검사 결과에 맞춰 결혼 상대를 고른 것이 아니기 때문이다. 어쩌면 서로 다른 성격이 상대를 매력적으로 보이게 만들었는지도 모를 일이다.

성격유형을 알게 된 것이 바로 무한한 배려와 이해로 이어지지는 않겠지만, 나는 '인내심 기르기'에 도전해 보기로 했다. 제주도 여행을 위해 이번 주까지 렌터카를 알아보기로 한 남편에게서 아직 어떤 답도 듣지 못했지만, 조금 더 기다려 보는 걸로.

돌이켜보면 남편은 늦은 적은 있어도 잊은 적은 없었다. 쫑알쫑알 귀에 못이 박히게 잔소리를 할 때보다 가만히 기다릴 때 오히려 더 빨리 내가 기다리는 대답을 해 주었던 것 같기도 하다.

아무래도 나는 청개구리와 결혼한 모양이다.

취미의 공유

남자친구였던 남편은 "뭐해?"라고 묻는 내 말에 "가만히 있어."라고 대답할 때가 많았다.

"가만히 있으면서 뭐해?"라고 물으면 그는 "아무것도 안 하는데?"라고 되물었다.

"어떻게 아무것도 안 해. 가만히 있더라도 뭐라도 하긴 할 거 아냐."

라며 나는 추궁을 했었다. 그런데 함께 살아보니 남편은 정말 그랬다. 한 시간이든 두 시간이든 아무것도 하지 않고 가만히 있을 수 있는 사람이었다. 내 기준으로 남을 판단해서는 안 된다는 걸 그를 통해 배운다.

그런 그에게도 취미는 있다. '웹툰 보기'다. 남편은 매일 밤 침대에 누워 웹툰을 본다. 요일별로 다른 웹툰이 업로드 된다는 사실을 남편 덕분에 알았다. 밤 11시를 기다려 웹툰을 여는 남편의 손놀림은 경건할 정도이다. 웹툰을 보고 있는 남편에게는 함부로 말을 걸 수도 없다. 고도의 집중력으로 그날에 할당된 웹툰을 모두 보고서야 남편은 내게 관심을 보인다. 남편에게 있어 웹툰을 보는 것은 마치 고된 하루의 피로를 씻어내는 거룩한 의식 같다.

남편이 웹툰을 보는 동안 나는 옆에서 책을 읽는다. 어려서부터 책을 좋아했던 나는 지금도 취미를 '독서'라고 소개한다. 직장에 다니다 보니 많은 양의 독서를 하지는 못하지만, 관심 있는 분야의 책을 골라 한 달에 두 권 이상은 읽으려고 노력한다.

남편의 주말은 '예능 프로그램'과 함께이다. 그는 무한도전을 빠짐없이 챙겨 보는 대한민국 수많은 남자들 중 한 명이다. 잘 나가는 연예인들의 근황에도 관심이 많다. 정치학을 전공했지만 정치 뉴스보다는 연예 뉴스에 더 많은 관심을 보인다.

반면 나는 예능과 담을 쌓고 살았다. 무한도전을 제대로 본 적이 없다. 자취를 할 때도 직장 선배에게 물려받은 배불뚝이 TV가 한 대 있었지만, 매일 아침 머리를 말리는 동안 뉴스나 잠깐씩 보는 용도에 지나지 않았다. 대신 나는 주말이면 집이든 카페든 조용한 곳에서 따뜻한 차를 옆에 두고 책을 읽거나 글을 쓰는 것을 좋아한다. 어린 시절 내 꿈은 작가였다. 고등학교와 대학교를 지나면서 성적과 관계없는 책은 멀리하게 되었고, 직장 생활을 하면서는 아예 펜을 놓고 살았지만, 몇 해 전부터는 다시 조금씩 글을 쓰고 있다.

웹툰과 예능을 좋아하는 남편과 산지 일주일가량이 지나자, 슬슬 걱정이 되었다. 남편의 취미생활이 내 취미생활의 훼방꾼이 될 것 같은 불길한 예감이 들었던 것이다.

남편이 피식피식 터뜨리는 웃음소리에 나도 모르게 남편이 들고 있는 휴대폰 화면을 들여다보게 되고, "걔는 누구야?" 묻게 되고, 대답을 듣고 나면 다음 상황이 궁금해서 더 묻게 되고, 급기야 남편의 얼굴과 휴대폰 사이에 고개를 들이밀고 있었던 것이다. 나의 우려는 현실이 되어 있었다….

결국 나는 한 편만 봐야겠다고 다짐하며 열었던 '유미의 세포들'이라는 웹툰의 고정독자가 되고 말았다. 연애를 하는 여자의 복잡한 심리를, 별도의 인격을 가진 세포들을 통해 재치 있게 그려낸 웹툰이다. 나는 100회를 넘어선 웹툰을 1회부터 정독했다. 취미가 '좋아하는 일'을 의미한다면 독서나 글쓰기가 아니라 웹툰이 나의 취미라고 정정해야 하는 것이 아닌가를 심각하게 고민했다.

예능프로그램도 마찬가지다. 예능을 멀리한 수년 동안 우리나라 예능의 수준은 아주 높아져있었다. 남편 옆에서 시간 가는 줄 모르고 웃으며 무한도전의 지난 방송들을 돌려보다가 저녁시간이 되면 치킨을 주문했다. 치킨을 뜯으며 계속 보다 보면 결국 주말의 마지막 밤이었다. 반납일자가 얼마 남지 않은 도서관 책들은 눈길 한번 받지 못한 채.

다행히도 웹툰과 예능에 대한 관심은 곧 시들해졌다. 어느 주말 저녁, 역시 내 취미는 독서랑 글쓰기야, 하며 나는 남편을 거실에 남겨두고 방으로 들어갔다. 책갈피가 중간쯤 꽂힌 책을 한 권 꺼내 책상에 앉았다. 잠시 후 거실이 조용해져서 문을 살짝 열어보니 남편이 리모컨에 이어폰을 연결해 귀에 꽂은 채 소리 죽여 웃고 있었다. 공생하는 방법을 찾은 것 같아 고맙고도 뿌듯했다.

알고 보니 남편에게도 책이 많았다. 내가 읽지 않은 소설책도 꽤 있었다. 매년 연말이면 베스트셀러들을 대량 구매하는 것이 몇 년째 지속된 남편의 연례행사라고 한다.

요즘은 나란히 텔레비전을 보다가 내가 등을 돌리고 앉아 책을 펼치면 남편도 따라서 책을 펼쳐 든다. 마주 앉아서 보기도 하고 서로의 등에 기대어 보기도 한다. 웹툰으로 숙련된 남편은 책도 빨리 읽는다. 괜한 경쟁심이 발동해서 책에 몰입한 남편의 다리를 툭 건드려보기도 한다.

몇 달 전에는 누구에게도 보여준 적 없던 글을 남편에게 처음으로 보여주었다. 진지한 표정으로 문장을 짚어나가는 남편 옆에서 나는 받아쓰기 시험지를 검사 맞는 아이처럼 초조하게 앉아 있다. 다 읽은 남편에게 물었다.

"어때?"

"응. 잘 썼어!"

"그러지 말고. 이상한 부분 있으면 말해줘."

"음. 꼬마랑 씨앗이 만나는 부분이 조금 억지스러워. 만나는 계기가 좀 더 구체적이면 좋을 것 같아."

"이건 동화야. 아이들이 생각할 부분도 남겨둬야 한다고!"

"그렇구나. 난 그냥 말해달라고 해서 말한 건데."

"그래. 고마워. 하지만 내 글이니까 내 마음대로 쓸 거야!"

성실한 피드백을 외면한다고 툴툴대면서도 남편은 낯간지러운 글을 읽어주고 있다. 인정하기 싫지만 남편의 피드백은 정곡을 찌르는 경우가 많다. 대충 넘어갔던 부분을 남편이 콕 집어내면 어쩔 수 없이 나는 글을 고쳐 쓸 수밖에 없다. 내 취미의 훼방꾼이 될까 걱정했던 남편은 도리어 든든한 지원군이 되었다.

남편은 요즘도 매일 거르지 않고 웹툰을 본다. 이 정도 집념은 있어야 취미라고 말할 수 있지 않겠냐고 웹툰을 향해 돌아누운 남편의 뒤통수가 묻는 듯하다.

덕분에

"나는 열정을 가지고 사는 자기가 멋져. 아침잠이 많은데 일어
나서 공부도 하고."

"응. 난 아침형 인간이 될 거야."

"자기 덕분에 나도 30분은 일찍 일어나."

"헤헤. '덕분에'라고 해줘서 고마워."

"'때문에'보다는 '덕분에'가 나으니까. 우리 '덕분에'라는 말 자
주 쓰자."

"응! 오빠 '덕분에' 살아."

"너 '덕분에' 행복해."

올림픽을 대하는 우리의 자세

평창동계올림픽으로 대한민국이, 아니 전 세계가 떠들썩하다. 원거리 여행을 선호하지도 않고 춥고 더운 날씨에 하는 여행은 '사서 고생'이라고 손을 내젓는 집순이지만 우리나라에서 올림픽이 열리는 이번만큼은 들썩거리는 분위기에 살짝 편승해보고 싶은 마음이 들었다.

"오빠, 우리 올림픽 구경 갈까?"
"평창? 갈 수 있을까? 너무 멀어서……."

나 못지않게 원거리 여행을 싫어하는 남편은, 여행을 가더라도 잠은 집에서 자야 한다는 신념의 소유자다. 연애시절, 강화도에서 있었던 내 친구의 결혼식에 너무 멀다는 이유로 함께 가 주지 않아 다툰 적도 있었다. 그런 남편에게 당일치기가 불가능한 평창은 아무래도 부담스러운 여행지였을 것이다. 간절히 가고 싶었던 것도 아닌데, 남편이 거절 의사를 비추자 괜한 오기가 생겼다.

"미국에서도 오는데?"

"그래. 미국에서도 오니 지금쯤이면 숙소도 없을걸! 이미 다 찼을 거야."

"내가 찾아볼게!"

"엄청 비쌀 텐데?"

"조금 떨어진 데다 구하면 되지 않을까?"

"음······. 그래. 그럼."

"뭐야. 그런 반응? 가기 싫으면 싫다고 말해."

"아냐~ 가 보자. 나도 가고 싶었어."

"됐어! 이제 내가 안가!"

대화는 그걸로 끝이었다. 정말 가고 싶었다면 친구나 동생과 함께, 아니면 혼자서라도 갔겠지만 남편과의 대화 이후 나는 다시 집순이 모드로 돌아왔다. 추운데 경기 하나 보겠다고 거기까지 무슨 고생일까 싶었다. 평창까지 가지 않더라도 중계방송을 통해 보이는 강원도의 풍경과 관중석의 대부분을 채운 국민들의 모습, 광고마다 도배된 올림픽 로고, 사무실에서 간간이 보이는 마스코트 인형을 통해 올림픽의 열기를 충분히 실감할 수 있었다.

결국 올림픽은 집에서 보게 되었다. 개회식 날 저녁, 남편은 편한 옷을 입고 식탁에 앉아 최신식 방송장비와 고화질 텔레비전의 콜라보로 탄생한 중계화면을 보고 있었다. 그리고 평창까지 갈 마음을 먹었던 나는 침대에 누워 올림픽과는 전혀 관계없는 키워드를 검색하느라 휴대폰을 만지작거리고 있었다.

"지금 엄청 신기한 거 나와! 인면조야 인면조!"
남편이 소리를 지르면 달려 나와 잠깐 보다가, 다시 들어갔다가, 또 소리를 지르면 나와서 보기를 반복하다 보니 의도치 않게 개회식 명장면만 골라보게 되었다.

"개회식 입장료가 백만 원을 훌쩍 넘는대. 우리 돈 굳었다. 그치?"
"그러게. 지금 평창 엄청 추울걸. 갔으면 감기 걸렸을지도 몰라."
"맞아. 나오는 길에 사람 무진장 많아서 차 막히고 난리도 아닐 거고."
"그것뿐이게? 숙소까지 가는 것도 보통 일 아닐걸. 개회식 끝나고 나오는 순간 바로 후회했을 거야."
그렇게 굳은 돈은 무한 반복 다시 보기도 가능한 안방 경기관람용 야식비로 쓰였다.

우리 부부에게 가장 인기 있는 종목은 '컬링'이었다. 특히 여자 대표팀의 컬링 경기는 직장에 있을 때가 아니면 빼놓지 않고 챙겨봤다. 이전에는 본 적도 없고 기대하지도 않았던 종목인데 의

외로 좋은 성적을 보여주고 있어 관심이 생겼던 것이다. 게다가 경기방식도 꽤 흥미로웠다.

길게는 세 시간까지 소요되는 경기지만, 우리 부부도 선수들이 쉴 때만 함께 쉬며 집중해서 봤다. 인터넷으로 경기규칙을 찾아보고 출전선수들의 경기경험과 신상정보도 검색하니 하루하루 애정이 더 커져갔다. 올림픽 홈페이지에 접속해 응원 메시지를 남기기도 했다. 순위권 국가들도 몽땅 제치고 매 경기가 끝날 때마다 한 단계씩 실력도 업그레이드되는 컬링 국가대표팀을 보면서 가슴 벅찬 감동을 느낀 것은 나뿐만이 아닐 것이다.

컬링 경기를 빠짐없이 챙겨 본 명절 연휴의 끝자락에서 방 청소를 위해 허리를 굽혔는데 정신을 차리고 보니 나도 모르게 스위핑을 흉내 내고 있었다. 남편이 어이없다는 듯이 웃다가 덩달아 스위핑을 흉내 냈다. 컬링 덕분에 유쾌하게 청소하는 법을 발견한 셈이었다.

컬링 따라 하기는 여기서 끝나지 않았다. 극장에서 화장실에 간 남편을 기다리다가 김은정 선수가 "영미! 영미!"라고 외치던 것이 떠올라 남편이 멀리서 나타나자마자 "수일! 수일!" 하고 불러봤다. 영문을 모르고 "왜?"하며 다가오는 남편 옆에서 또다시 스위핑을 흉내 냈다. 하지만 남편은 집에서처럼 함께 해주기는커녕 낯선 사람을 대하듯 서늘한 눈으로 나를 경계할 뿐이었다. 남편은 집 밖에서만큼은 얌전한 남자니까.

올림픽 기간은 몇 년간 노력한 선수들 덕분에 무척이나 즐겁고 유쾌한 나날이었다. 메달 여부에 상관 없이 모든 선수들에게 참 고마웠다고, 앞으로도 힘내라고 전하고 싶다.

"오빠, 우리가 같이 사는 동안 올림픽을 몇 번이나 더 볼 수 있을까?"

"우리는 50년 넘게 살 거니까 25번. 하계올림픽까지 2년에 한 번씩 열리니까."

"그러네. 하계도 있었구나. 다행이다. 우리 나중에 아기 낳으면 운동시킬까?"

"애가 원한다면? 근데 너무 힘들 것 같지 않아?"

"그렇겠지? 그럼 출전은 욕심내지 말고 계속 이렇게 보기만 하자, 올림픽은."

"응! 우리 올림픽 없어도 행복하게 살자."

"응? 그렇게 말하니까 마치 지금은 올림픽 때문에 행복한 것 같다?"

"헤헤. 그럴 리가."

코딱지

남편이 집을 비운 사이 방 청소를 하고 있었다. 주방 겸 거실을 먼저 닦고 다음으로 옷방을 닦아낸 후 마지막으로 침실을 닦을 차례였다. 침실은 가장 아끼는 공간이므로 새 물티슈를 뽑았다.

12평짜리 오피스텔이 세 개의 공간으로 나뉘었으니, 각방은 주어진 기능을 겨우 할 수 있을 정도로 작다. 게다가 안방에는 침대까지 놓았기 때문에 남는 공간은 침대 오른쪽과 아래쪽으로 어린아이의 보폭 남짓한 너비뿐이다. 집안일을 기피하는 우리에게는 안성맞춤인 집이라고 생각하며 허리를 굽혀 열심히 닦았다. 방바닥을 닦고 침대 옆 거치대를 닦기 시작했을 때다. 침대와 세트로 구성된 거치대는 주로 화장지나 휴대폰 충전기를 얹는 용도로 쓰이고 있었다.

쌓인 먼지를 닦아내기 위해 화장지 갑을 들어 올린 순간, 문제의 물질이 눈에 띄었다. 그 물질은 납작하게 눌린 쥐포와도 같은 모양이었는데, 크기는 쌀알보다 조금 더 크고 빛깔은 노리끼리했으며 자세히 살펴보니 미세한 구멍 같은 것이 군데군데 나있었다. 괜한 호기심에 그것을 집어 앞뒷면을 유심히 들여다보고 냄새도 맡아보고 손가락으로 꾹꾹 눌러도 봤다. 처음에는 어떤 냄새를 가진 물질일 수도 있었겠으나 말라비틀어져 수분도 모두 빠져나간 지금은 아무 냄새도 나지 않았다.

맛보기를 제외한 오감을 활용하여 관찰한 결과, 나는 그 물질을 '남편의 코딱지'로 결론지었다. 잠들기 전 콧속의 이물질이 거슬렸던 남편이 일어나기 귀찮은 나머지 옆에 있는 거치대에 살포시 올려둔 것이리라.

아직 방귀도 트지 않은 남편에게 코딱지 이야기를 어떻게 꺼내야 할지 고민이었다. 그냥 넘어간다면 다음 번 청소에서도 동일한 모양의 코딱지를 발견하게 될 가능성이 컸다. 만약 발견되지 않으면 더 큰 문제다. 내가 모르는 사이 벽지나 바닥 어딘가에 붙어있는 코딱지와 침실을 공유해야 한다면, 혹은 바닥에 붙어있던 코딱지가 내 발바닥에 붙어 함께 침대 위로 이동이라도 하게 된다면 정말이지 끔찍한 일이었다.

남편의 눈에 잘 띄는 곳에 놓아두면 스스로 깨닫지 않을까 싶은 생각도 들었지만 좋은 방법이 아니라고 판단했다. 남편이 벗어둔 코딱지를 내가 대수롭지 않게 생각한다는 오해를 불러일으킬 수 있기 때문이다.

나는 정면으로 부딪히기로 결심했다. 저녁이 되자 남편이 돌아와서 여느 때처럼 옷을 갈아입었다. 텔레비전을 보고 얼굴을 마주하며 대화를 나누는 동안 코딱지에 대한 이야기는 일절 꺼내지 않았다. 우리는 함께 보는 드라마의 이어질 내용에 대해, 그리고 내일 아침에는 무얼 먹을지에 대해 대화를 나누었다.

　그러다 드디어 결심이 섰다. 너무 조심스럽게 이야기를 꺼내면 오히려 남편이 민망해 할 수도 있었다. 나는 담담한 척, 하지만 결코 아무것도 아닌 일은 아니라는 투로 말했다.

　"오빠, 나 오늘 코딱지 주웠다?"

　"코딱지? 어디서?"

　"오빠 누워있는 자리 바로 옆에서."

　"우하하. 코딱지가 왜 여기 있었대?"

　"왜긴. 모른 척하지 마."

　"지금 나 의심하는 거야? 나 아니야."

　"우리 집에서 나왔는데 오빠가 아니면 나야?"

　"그건 아니겠지만, 내 코딱지는 정말 아냐."

　"알겠어. 그런 걸로 쳐."

　"무슨 말이야! 나 그런 사람 아니라고."

　"그래. 아무튼 앞으로는 코딱지 아무 데나 버리지 말자. 우리 둘 다."

마음 같아서는 물티슈로 빈틈없이 감싸 쓰레기통 깊숙이 욱여넣은 코딱지를 다시 찾아내어 남편의 앞에 들이밀며 '이래도 모른다고 할 거야?'라고 따져 묻고 싶었지만, 나는 한발 물러서기로 했다. 코딱지를 파내고 제대로 버리지 않은 것이 부끄러운 행동이라는 것을 남편이 모르는 것 같지는 않았다. 혹시라도 '그게 뭐어때서? 자긴 코딱지 없어?'라고 되묻는다면 정말이지 답이 없을 뻔했다. 남편도 이제는 아무렇게나 코딱지를 방치할 수 없을 것이니 절반의 성공은 거둔 셈이었다.

그러고 며칠 후였다. 반쯤 먹다 남겨둔 고구마를 먹으려고 손을 뻗던 순간이었다.

쟁반째 남겨둔 고구마 주변으로 코딱지들이 마구 흩어져있었다. 코딱지들은 말라비틀어진 고구마 껍질에도 드문드문 붙어있었다. 껍질을 들어 올리자 수분을 잃어버린 고구마의 파편들이 기지개를 펴듯 몸을 세우며 바닥으로 떨어질 준비를 했다. 며칠 전침대 옆에서 발견한 남편의 코딱지와 매우 흡사한 모양이었다.

고구마 파편을 손가락으로 집어 꾹꾹 눌러보고 냄새도 맡아보다가, 침대 옆에서 발견한 코딱지가 어쩌면 말라붙은 고구마 파편일수도 있겠다는 생각이 들었다. 게다가 우리 집에서 고구마를 주로소비하는 사람은 나였으므로 만약 그 물질이 정말로 고구마의 파편이라면 범인은 나일 확률이 높았다.

그런데 남편을 범인으로 몰아세웠으니 남편은 오죽 답답했을까. 남편이 볼세라 얼른 남은 고구마는 입속으로, 코딱지를 닮은 파편들과 껍질은 음식물 쓰레기통으로 집어넣었다. 한동안 남편이 보는 앞에서 고구마를 먹다 남은 상태로 방치하는 일은 없어야겠다고 다짐했다. 나라면 억울하고 답답해서 결백을 밝히기 위해 쓰레기통을 뒤져 유전자 검사라도 해보자고 덤볐을 텐데, 남편은 몇 마디 툴툴대는 것으로 넘어가 주었다. 거기까지 생각이 미치자 고맙고 미안한 마음이 들었다.

내가 남편에게서 문제를 발견하고 일방적으로 이해하며 남편은 알지도 못하는 관용을 베풀었던 순간들도 어쩌면 시작부터 나의 오해였을 수 있겠다는 생각이 들었다. 훗날 우리 부부에게 갈등이 생긴다면 그 원인을 찾기 위해 남편보다는 먼저 나를 들여다봐야겠다고 다짐하며 마음 깊이 남편에게 사죄하는 것으로 코딱지 사건은 마무리되었다. 이후 집에서는 더 이상 코딱지가 발견되지 않았다. 코딱지가 화제로 떠오르는 일도 없었다.

그러던 어느 밤, 누워서 휴대폰 화면을 주시하고 있던 나는 이상한 기분이 들어 곁눈질로 남편 쪽을 보다가, 콧구멍을 향해가는 남편의 손가락을 목격하고 말았다. 커다란 콧구멍을 방문한 손가락이 아주 자연스럽게 거치대 쪽으로 툭 무언가를 던지고 있었다.

"오빠, 지금 뭐한 거야?"

"응? 뭐가?"

"방금 코딱지 버린 거 맞지?"

"헤헤. 봤구나. 내일 치우려고."

"악! 더러워! 뭐야! 저번에도 오빠 코딱지 맞지?"

"헤헤. 모르겠네. 거의 치운다고 치웠는데."

"뭐? 거의? 한 번 더 그러면 오빠 잘 때 입에 넣어버릴 거야."

오해인 줄 알았던 코딱지 사건의 진실이 뒤늦게 드러났다. 두려운 사실은 남편이 점점 코딱지를 파는 행위를 대수롭지 않게 생각한다는 것이다. 더 충격적인 사실은 그렇게 남편에게서 분리된 코딱지들이 좀처럼 눈에 보이지 않는다는 것.

우리가 이 집을 떠나는 날, 문틈이나 침대 뒤쪽에서 다량의 코딱지들이 출몰할 것만 같다.

다이어트

봄이 성큼 다가오는 것이 느껴지던 며칠 전 아침, 남편이 난감한 표정으로 말했다.

"자기야. 내 옷이 왜 이렇게 짧아졌지?"

"줄어들었나? 쭉쭉 당겨봐."

"가만히 놔둬도 줄어들기도 해?"

"글쎄. 이리 와 봐. 내가 당겨줄게."

"아냐. 이게 최선이야."

"……."

"나 살찐 거야?"

"응? 또? 아직 더 찔게 남아있었어?"

남편은 우리가 처음 만난 2016년에도 결코 마른 체형이 아니었다. 옛날 사진이나 오랜 지인들의 증언을 통해 남편에게도 날씬했던 시절이 있었음을 알았지만.

마른 사람보다 덩치 큰 사람이 더 좋다고 한때 내가 했던 말을 핑계 삼아 마음 놓고 조금씩 덩치를 키워가던 남편이 문득 위기감

을 느끼고 다이어트에 돌입했다. 2016년 하반기 같은 부서 '덩치 3
인방'으로 불리던 동료들과 함께였다. 도합 250kg을 넘기는 우량
청년들이었던 그들이 10만 원씩을 걸고 다이어트 내기를 했던 것
이다. 두 달간 가장 많은 체중을 감량한 사람이 나머지 둘로부터
10만 원씩 받는다는 약속이었다. 체중 측정일을 1주일 정도 남겨
두고 경쟁적으로 값비싼 다이어트 식품을 주문하던 그들은, 끝내
누구도 눈치챌 수 없을 정도의 근소한 몸무게를 덜어내는 선에서
내기를 끝냈다. 그리고 승자가 받은 20만 원은 두 달간 참았던(?)
고기를 먹느라 쓰였다는 후문이 있다.

그 후로도 이런저런 다이어트를 시도했으나 딱히 좋은 성과를
보지 못하던 남편은, 결혼을 앞두고 또 한 번 강력한 다이어트 의
지를 내비쳤다. 결혼식 때까지 예전 몸무게를 되찾겠다며 예복
맞추기를 차일피일 미루었던 것이다. 하지만 결국 몸무게는 그
대로인 채 마음만 다급해져서 미리 알아봐 둔 예복집들은 제쳐두
고 집에서 가장 가까운 곳에서 허겁지겁 예복을 맞추게 되었다.

유재석보다는 강호동을 좋아하는 내게 남편의 체중은 크게 문
제가 되지 않았다. 남편의 두툼한 '지방'에 내 어깨뼈를 파묻을 수
있어서 오히려 좋았다. 남편의 몸을 감싸고 있는 지방들은 그의
매력 포인트인 '든든하고 포근한 이미지'에도 한몫을 톡톡히 해
냈다. 그래서인지 결혼 후에도 남편의 체중은 날로 늘어만 갔다.

친척 어른들은 볼 때마다 "얼굴이 더 좋아졌다."라며 칭찬을 하셨다. 남편은 일주일에 한 번씩 하던 운동도 끊었다. 자연의 흐름에 몸을 맡기기로 결심한 모양이었다.

그렇게 마냥 행복하게 먹고 눕고 쉬던 몇 달이 지나고, 불현듯 위기감이 찾아왔다. 누워있는 남편의 배가 봉긋하게 솟아있는 것을 발견한 즈음이었다. 누워있을 때는 지방들이 중력의 영향으로 양쪽으로 흘러내려 평평해지곤 했는데, 허리가 수용할 수 있는 범위를 넘어섰는지 지방이 솟아있었다. 무덤처럼. 운명공동체의 일원으로서 남편의 지방을 이대로 방치하는 것은 무책임한 행동이라는 자책이 밀려왔다. 지방은 각종 성인병의 원인이고, 나이가 들수록 약해지는 다리뼈에 무리를 주며, 몸이 무거워지는 것만으로도 나태해질 수 있으니까. 하지만 체중은 마음대로 쉽게 늘리고 뺄 수 없다. 남편의 지방들은 그의 몸에 머문 시간이 길어질수록 더 눌러앉고 싶어 할 것이다. 지방들이 완전히 눌러앉기 전에 특단의 대책이 필요했다.

"오빠. 우리 내기할래?"

"무슨 내기?"

"다이어트 내기. 오빠가 80kg까지 살을 빼면 오빠가 이기고, 아니면 내가 이기는 거야."

"내가 이기면 뭘 해 주는 거야?"

"내 연차보상금을 줄게. 12월 말 기준으로 몸무게가 80kg만 넘지 않으면."

"그럼 내가 지면 내 연차보상금을 줘야 돼?"

"당연하지. 내기니까."

"내가 불리한데? 자기는 가만히 있다가 이길 수도 있는 거잖아. 난 열심히 살을 빼야 하고."

"거꾸로 생각해봐. 오빠는 살을 빼면 이기지만, 난 이기기 위해 할 수 있는 게 없어."

"근데 자기, 내가 통통해서 좋다며."

"응. 통통한 거 좋아하지. 뚱뚱한 거 말구."

연말까지는 약 2개월의 시간이 있었다. 내기의 효과를 극대화하기 위해 가족들에게도 알렸다. 열화와 같은 반응이 이어졌다. 친정식구들은 남편을 응원했다. 남편이 성공하면 비싼 밥을 얻어먹겠다는 의지도 내보였다. 그러면서도 처가를 찾은 남편 앞에는 늘 고기반찬이 놓였다. 남편은 경주에서 먹은 음식의 칼로리만큼 계산에서 빼줘야 한다고 주장했다.

"엄마가 오빠 입에다 고기를 넣어주셨어? 먹는 사람은 결국 오빠야."

시댁에서는 내 쪽으로 기대를 거셨다. 이기지도 못할 내기에 도전했다고 남편을 놀리는 분위기였다.

내기 한 달째, 남편은 저녁을 굶기 시작했다. 부득이 저녁식사 자리가 생기면 밥 대신 반찬만 먹었다. 주린 배를 움켜쥐고 늦은 시간까지 컴퓨터 앞에 앉아있는 남편에게 안타까운 마음이 들기도 했다. 하지만 남편의 몸에 밀도 있게 박혀있는 지방들이 그의 동력으로 활동해주리라 믿었다.

주말 저녁, 남편은 홀연히 사라져서 운동을 하고 오기도 했다. 내게 이 내기의 목적은 순전히 남편의 건강을 지키는 것에 있었으므로 다이어트를 위해 매진하는 모습을 보면서도 불안함은 없었다. 내게는 지는 것이 이기는 내기였다.

내기 두 달째, 12월이었다. 남편의 달력 빈 곳에 저녁 약속들이 채워지기 시작했다. 고향 친구들과 예전 부서 동료들은 하루가 멀다 하고 남편을 불렀다. 고기 대신 상추로 배를 채우면 된다며 남편은 약속을 빠짐없이 챙겼다. 송년회는 미룰 수 있는 약속이 아니었다. 칼로리로 치면 고기의 1/10에도 못 미치는 상추를 고기의 열 배만큼 먹고 있는 것인지 남편의 체중 감량은 어느 순간부터 멈춘 듯했다. 아니, 내기 전으로 회복되고 있는 것 같았다.

마침내 12월 말, 남편이 휴가를 포기하며 차곡차곡 모은 연차보상금은 고스란히 내 통장으로 들어왔다. 남편은 투덜거렸다. 12월의 송년회를 계산한 내 전략에 당한 거라고 했다. 살도 못 빼고 연차보상금도 빼앗긴 남편의 입장에서는 그렇게 생각할 법도 했다.

　내기가 끝나고 나는 고생한 남편을 위해 저녁을 쏘기로 했다. 남편의 걸음이 가격 때문에 늘 밖에서 보기만 했던 초밥 전문점 앞에서 멈추어 섰다. 하얀 모자를 쓴 요리사분이 메뉴판을 보여주셨다. 남편이 물었다.

"얼마까지 먹어도 돼?"

"먹고 싶은 만큼 먹어."

"그래! 그럼 난 이거!"

　남편의 손가락이 1인분에 4만 원짜리 초밥특선코스를 가리키고 있었다. 나는 떨떠름한 표정으로 주문을 넣었다. 요리사분이 바로 만들어낸 초밥을 접시 위에 하나씩 얹어주셨다. 남편은 초밥이 얹히기가 무섭게 얼른 집어 입으로 가져갔다. 남편의 통통한 볼이 오물오물 움직였다. 처음 보는 생선에 '우와' 탄성을 지르며 냉큼 집어 드는 남편의 행복한 표정이 귀여웠다.

　'저렇게 좋은데 살을 어떻게 빼겠어.'

　만드는 속도를 따라가지 못해 접시 위에 초밥을 쌓아둔 나를 남편이 의아한 표정으로 보았다.

"왜? 별로야?"

"아니. 엄청 맛있어."

　남편이 다시 입을 오물거리며 다행이라는 듯 활짝 웃는다. 나도 남편을 마주 보며 활짝 웃었다.

미니멀라이프

미니멀라이프를 다룬 책을 읽었다. 매 끼니마다 메인 요리가 있을 필요는 없다는 대목이 인상적이었다. 가벼운 식단이야말로 건강에도 좋고 시간을 절약할 수 있으며 특별한 날의 식단을 더욱 특별하게 만들어준다는 것이었다.

"오빠. 메인 요리가 없어도 괜찮대."
그러자 남편이 세상 잃은 표정으로 얼른 받아 친다.
"아니? 난 메인 요리만 있어도 괜찮아!"

그래. 모든 사람이 같은 방법으로 살 수는 없지.
메인 요리만 남기는 것 또한 미니멀해지는 나름의 방법이겠다.

프로민원러와 평화주의자

　결혼 전 살사 동호회에서 활동할 때의 일이다. 늦게 마치는 나를 위해 남편이 모임장소까지 데리러 오곤 했었는데, 그날은 술을 마셔서 데리러 올 수 없게 되었다. 막차를 타기 위해 일찌감치 나와 목이 빠지게 버스를 기다리는데 예정시간보다 5분 늦게 나타난 버스가 내 앞을 휙 지나치고 말았다. 지난번에도 버스를 허무하게 떠나 보낸 경험이 있어 한발자국 앞으로 나와 손까지 흔들고 있었는데 또다시 그냥 가 버린 것이다. 나는 씩씩대며 곧장 택시를 잡아타고 목적지 버스 정류장으로 향했다. 정류장에 앉아 기다리던 남편이 생각보다 빨리 도착한 내 모습에 반가워하며 다가왔다.

"오빠, xx번 버스 지나갔어?"

"아직. 그런데 왜 택시 타고 온 거야?"

"나중에 설명할게. 얼른 휴대폰부터 꺼내."

"응?"

"xx번 버스 지나가면 번호판 좀 찍어줘. 휙 지나갈지도 모르니까 잘 찍어야 돼."

남편이 영문도 모르고 휴대폰을 꺼냈다. 잠시 후 xx번 버스의 등장에 우리는 휴대폰 카메라를 열어 셔터를 누르기 시작했다. 다행히 번호판을 포착하는데 성공했다. 번호판을 찍은 이유가 정류장을 지나친 버스를 신고하기 위해서라는 말에 남편이 난감한 표정을 지었다.

　나는 추운 겨울날 차가운 정류장 의자에 걸터앉아 시청 홈페이지의 민원접수 게시판에 방금 겪은 일을 상세히 적었다. 옆에서 지켜보던 남편이 우려 섞인 목소리로 물었다.

　"이름까지 쓸 필요가 있을까?"

　"내가 죄지은 것도 아닌데 못 쓸 이유가 없잖아. 실명으로 쓰고 연락처도 남길 거야."

　그렇다. 나는 프로민원러다. 그런가 하면 남편은 평화주의자다. 우리 둘 사이에서도 갈등을 만드는 역할은 늘 내 몫이고, 해결하는 쪽은 남편이다. 다행히 연애기간을 통해 서로에게 맞춰진 우리 사이에는 큰 갈등이 없었다. 하지만 그렇다고 우리 부부의 삶이 늘 평화롭기만 했던 것은 아니다. 갈등은 밖에서도 찾아오기 때문이다.

　오피스텔 입주 후 한 달이 지났을 무렵, 집 곳곳에서 문제가 생기기 시작했다. 부실하게 시공된 주방 콘센트가 벽체로부터 완전히 떨어져 나와 벽 뒤에 숨겨진 너덜너덜한 전선꾸러미가 집안으로 쏟아지는가 하면, 보일러는 온도를 아무리 높여도 작동하지 않았다. 게다가 건물 엘리베이터는 호출 후 취소 기능이 없어 항상 두 대가 나란히 꼭대기 층까지 갔다가 전 층을 찍고 내려오면서 입주민들의 아침 시간과 아까운 전력을 낭비하고 있었다.

경비실에 불편을 호소했더니 관리실을 탓했다. 관리실에 연락했더니 시설관리를 전문으로 하는 용역사 직원을 보내주겠다고 말했다. 그러고는 또 며칠째 깜깜무소식이었다.

너저분한 전선꾸러미 사이로 고개 내민 콘센트에 전자렌지와 밥솥을 간신히 연결하면서도 남편은 불평이 없었다. 그런 모습이 나를 더 답답하게 했다. 이 건물에 사는 모든 사람들이 남편처럼 무덤덤하게 이 상황을 받아들이고 있다는 확신이 들었다.

아침마다 엘리베이터를 기다리는 시간은, 그 기다림이 주는 지루함 자체보다 이 불편이 해결될 기미가 보이지 않는다는 사실 때문에 더 못마땅했다. 관리비 고지서를 받은 날, 공동전기료로 책정된 어마어마한 액수를 확인하고서 나는 다시 관리사무소에 전화를 걸었다.

"xxx호 입주민인데요. 엘리베이터는 언제쯤 고쳐지는 거죠?"

"그게 고장 난 게 아니고요. 원래…."

"원래라뇨? 요즘 이렇게 작동하는 엘리베이터가 있어요? 가까운 엘리베이터만 호출되도록 하거나 최소한 호출 취소 기능이라도 넣어주세요.”

“그게 저희 맘대로 되는 게 아니에요.”

“그럼 누구 마음대로 되는 거예요? 그분께 직접 말씀드릴게요.”

그 후 관리사무소장 및 입주민 대표와 몇 번의 통화를 거듭한 결과, 엘리베이터에 호출 취소 기능이 생겼다. 엘리베이터 두 대가 비로소 따로 움직이기 시작했고 우리의 아침 시간에도 조금 더 여유가 생겼다. 우쭐해 하는 나를 남편이 대견하면서도 걱정스러운 표정으로 바라봤다.

“자기 대단하다. 그런데 자기 이제 집에 혼자 있으면 안 되겠다.”

“왜?”

“자기가 우리 집 호수랑 이름까지 말했잖아. 나 없을 때 해코지라도 하면 어떡해.”

“내가 해코지 당하면 자기가 가만히 있게?”

“물론 가만히 안 있지!”

자신 있게 외치는 남편이지만 알 수 없는 일이다. 그 뒤로도 콘센트를 고치러, 보일러를 손보러 여러 사람들이 다녀갔지만 남편은 언제나 스마일이었다. 몇 주째 깜깜무소식이던 시설관리직원이 우리 집을 방문하던 날, 왜 이제야 왔느냐고 혹시 감전 사고라도 났으면 어떻게 책임졌을 거냐고 불평을 잔뜩 준비해둔 나를 방어라도 하듯, 남편은 직원이 들어오자마자 상냥하게 물었다.

"물이라도 한잔 드실래요?"

직원이 작업을 마치고 돌아간 후 따져 물었다.

"뭐야. 왜 그렇게 상냥한 건데?"

"상냥하지 않을 이유도 없잖아."

"우리가 몇 주째 얼마나 고생을 했는지 몰라서 그래?"

"알지. 근데 저 사람 잘못은 아니잖아. 자기도 알지? 회사 일이 마음대로 다 되지는 않는다는 거. 저 사람도 일부러 늦기야 했겠어?"

남편의 말을 들어보면 사정이 없는 사람은 없다. 결국 나는 혼자서 분을 삭여야 했다. 한편으로는 전혀 모르는 남의 입장도 이토록 생각하는 남편의 평화주의로부터 가장 큰 덕을 보는 사람은 나라는 생각도 든다. 불평이 있을 법도 한데 단 한 번 꺼내지 않고 늘 웃는 얼굴로 사람들을 대하는 남편이 있어서 우리 가정도 평화로운 것이 아닐까. 하지만 여전히 나는 부당한 상황을 참지 못한다.

남편은 프로민원러와 살면서 평화를 유지하는 나름의 방법을 터득한 것 같다. 인도를 막은 차량을 신고하려고 내가 휴대폰을 꺼내면, 사라진 인도로 인한 위험 상황을 몸소 보여주기 위해 차도를 걷는 모델이 되어주기도 한다. 남편의 성격을 아는 나는 그 상황이 재미있어서 사진을 찍다 말고 한바탕 웃으며 아무 일 없었던 것처럼 넘어가게 된다.

 이것이 프로민원러와 평화주의자가 함께 사는 법, 서로 다른 우리의 공존법이다.

보폭 맞추기

어느 대학교 캠퍼스를 걷다가,

"오빠, 우리 둘 다리 길이가 다른데 발맞춰 걷는 게 참 신기하지 않아?"
"그러게. 누군가 보폭을 줄이거나 늘리고 있는 거겠지?"
"오빠가 그러고 있어?"
"아니?"
"나도 아닌데?"

정말 신기하다.
우리가 발맞춰 걷는 것도.
우리가 맘 맞춰 사는 것도.

각자의 시간

지난 6월, 고등학교 동창들과 대마도에 다녀왔다. 휴가 결재를 올리며 여행을 간다고 말씀드렸더니, 팀장님이 "둘이 오붓하게 잘 다녀와라." 하신다.

"둘이 아니라 넷인데요? 친구들이랑 가요."

"응? 정서방이랑 가지 않고?"

잠시 후 "남편 두고 혼자 가면 어떡하냐."라는 말이 따라붙는다.

결혼한 사람이 배우자가 아닌 사람과 여행을 가는 것이 어른들에게는 꽤 어색한 모양이다. 몇 달 전 회사 언니들과 함께 중국 여행을 갈 때도 그랬다. 엄마는 아직 신혼인 내가 남편을 두고 며칠씩 해외여행을 간다고 말하자 우리 부부 사이에 문제가 있는 건 아닌가 꽤 진지하게 걱정하셨다. 그 옆에서 나를 화나게 만든 아빠의 한 마디.

"그동안 정서방 밥은 누가 하노?"

유부녀가 되고는 남편을 두고 가는 여행이 마치 눈치를 봐야 하는 일처럼 여겨진다. 정작 남편은 흔쾌히 내 여행을 반기는데 말이다.(오히려 신나서 친구들을 만날 약속을 잡더라.)

결혼을 하고 나니 세트 상품의 구성품처럼 취급받는 기분이다. 퇴근길 코인 노래방에 가는 길에 회사 동료와 마주치면 "결혼한 사람이 왜 혼자 노래방이냐."라는 말을 듣기도 한다.

둘이 함께일 때 가장 좋다. 하지만 가끔은 혼자이고 싶다. 결혼이 곧 혼자만의 시간을 포기한다는 의미라면 너무 가혹하다. 남편과 함께일 때 가장 행복하지만, 가끔은 각자의 사람들과 시간을 보내고 싶다. 서로에게 식상해진 것도, 다른 사람들이 더 소중한 것도 아니다. 내 인생의 소중한 인연들과 편하게 만나 얼굴을 보고 삶을 나누고 싶은 건 지극히 자연스러운 마음이다.

부모님 댁에 갈 때도 가끔은 각자 움직이고 싶다. 혼자서 부모님을 찾아뵈면 한 가정의 어엿한 남편과 아내가 아니라, 부모님의 어리고 귀여운 아들, 딸로 돌아갈 수 있다. 옆에 남편이 있어서, 혹은 아내가 있어서 섣불리 꺼내지 못했던 이야기를 가감 없이 털어놓을 수 있고, 부모님도 사위나 며느리를 의식하여 마음껏 주지 못한 애정을 듬뿍 쏟으실 수 있다. 나는 대학생 때부터 집에 가면 늘 엄마 옆에서 잤는데, 남편과 함께 가면 남편 옆에서 자는 것이 엄마에게 조금 미안했었다. 시댁에 가도 마찬가지다. 남편은 어머님의 쇼핑 파트너도 되어주고 말벗도 되어주는 상냥한 아들인데, 나와 함께 있으면 어쩐지 내 눈치를 보느라 어머님으로부터 한걸음 떨어져 있는 기분이 들어 안쓰러웠다.

몇 달 전 고향 친구의 결혼식 때문에 친정에 가면서 남편에게 넌지시 "영천 가서 친구들 만날래?" 물었더니 마치 기다렸다는 듯 흔쾌히 받아들였다. 남편이 없는 그 주말, 엄마 옆에 누워 잠들 때까지 두런두런 이야기를 나누고 다음날 오전에는 모처럼 고향 친구들을 만나 우리 취향에 꼭 맞는 카페에서 놀았다. 내 친구들도 모두 남편을 좋아하지만, 남편이 없는 자리에서만 할 수 있는 대화가 있다. 친구들과의 모임에 남편과 함께 가면 실컷 놀다 헤어지고도 못다 한 이야기가 남아 우리는 우리대로 아쉽고 남편은 남편대로 불편하다. 남편도 마찬가지일 것이다. PC방이나 당구장에 같이 가줄 사람이, 남편에게는 필요할 것이다.

남편을 두고 간 여행지에서 그를 그리워하는 마음은 어느 때보다 애틋하다. 좋은 경치를 보면 다음에 함께 와야지, 맛있는 걸 먹으면 다음에 사줘야지, 하는 마음은 둘이 함께일 때는 가질 수 없다. 몸이 떨어져 있지만 나의 생각과 친구들과의 대화 속에서 남편은 여행에 참여하게 된다. 그렇게 각자의 시간을 보내고 다시 만나면 대화의 폭도 훨씬 넓어진다.

요즘 졸혼이 유행이라고 한다. 혼인 상태는 유지하면서 서로 간섭하지는 않는, 긍정적인 개념의 별거라고 한다. 평생 상대방의 삶에 깊이 관여해온 부부가, 남은 생은 독립적으로 살아 보기 위해 내리는 선택이다. 나는 노년이 아니라 신혼 때부터 서로의 시간과 관계들을 인정하며 독립적으로 살고 싶다. 때로 혼자일 수 있다고 전제하면, 결혼으로 '나'를 잃었다는 상실감으로부터 해방될 수 있다. 뿐만 아니라 우리 두 사람의 결속도 더 단단해진다. 혼자일 수 있는 우리가 '함께'를 선택했다면, 그것이야말로 진실로 원해서 함께하는 거니까.

아이가 생기면 지금처럼 자유롭게 각자의 시간을 가지기는 어려울 것 같다. 각각 1.5인분씩을 살아야 하니 누군가 각자의 시간을 선택하는 날 다른 한 사람은 2인분의 하루를 살아야 하니까. 그때를 대비해 아이디어를 생각해 봤다. '외박 쿠폰제'는 어떨까? 초등학교 때 받던 '참 잘했어요' 스티커처럼 집안일을 할 때마다 '쿠폰'을 적립해서 100장이 모이면 '외박 1회권'으로 교환하는 거다. 설거지 한 번에 1장, 방 청소 한 번에 2장, 아이랑 놀아주는 시간당 1장씩. 혼자의 시간을 확보하기 위해서라도, 함께 있을 때 더 충실할 수 있을 것 같다.

2. 현실부부, 현실신혼

결혼의 실용성

회사 화장실, 바지를 내리다가 소스라치게 놀랐다. 남편의 팬티가 내 바지 속에 있었기 때문이다. 주황색과 검은색이 얼룩을 이루는 화려한 무늬의 팬티였다. 얼른 바지를 다시 끌어올리고 이 공간에는 아무도 없다는 것을 스스로에게 상기시켰다. 어찌된 일일까. 곰곰이 생각했다.

한동안 빨래를 잊고 살았더니 속옷이 하나도 남지 않아 곤란했던 지난밤, 급히 속옷을 빨아 널며 잠깐만 빌려 입을 양으로 남편의 서랍을 뒤졌던 기억이 떠올랐다. 빨래가 마를 때까지만 입을 생각이었는데, 아침에 바삐 나오다 보니 회사에까지 입고 와 버린 것이었다. 남편의 팬티를 두 눈으로 확인하고 나니 어쩐지 내 것보다 편하게 느껴졌다. 헐렁해서 혈액순환에도 좋을 것 같았다.

비슷한 일상이 반복되는 가운데 남편의 팬티를 입고 회사에까지 오게 된 일은 즐겁고도 황당한 이벤트였다. 출장 중인 남편에게 얼른 메시지를 보냈다.

- 오빠, 나 화장실 왔다가 깜놀!

- 왜? 화장실에 뭐 있어?

- 응. 오빠 팬티를 입은 내가 있어!

- 헉! 내 팬티를? 왜?

- 어제 팬티가 다 떨어졌었거든. 근데 오빠 팬티 되게 편하다.

결혼은 '내 것'과 '네 것' 사이의 경계를 허무는 일이다. 명백한 각자의 물건, 예컨대 성별과 사이즈에 맞춰 구입한 옷이나 신발, 칫솔, 휴대폰 등 몇 가지를 제외하고는 모든 것이 공유물이 되었다. 내 방, 내 침대, 내 이불이라고 부르던 것들이 우리 방, 우리 침대, 우리 이불이 되었다. 이제는 남편의 속옷까지도 빌려 입는 지경에 이르렀으니 마지막 전유물이라고 여겼던 물건들도 언제 허물어진 경계 위에 놓일지 모르는 일이다.

미혼인 친구들이나 후배들은 종종 '결혼하니 좋냐'는 질문을 한다. 좋다고 말하면 이어지는 질문도 매번 비슷하다.

"뭐가 제일 좋은데?"

결혼의 장단점을 따져보고 결혼할지 말지를 고민해보겠다는 질문자들의 의도를 고려할 때, 행복하다거나 정서적으로 안정된다는 식의 감정적인 이점보다는 누구에게나 적용되는 결혼의 실용성을 말하는 편이 낫다는 생각이다.

결혼은 '공유'가 가능하다는 점에서 매우 실용적이다. 만약 결혼 전 팬티가 떨어졌더라면 나는 드라이기를 팔이 아프도록 들고 있거나 입었던 팬티를 한 번 더 입는 불쾌함을 감수해야만 했을 것이다.

팬티뿐 아니다. 나는 돈 빌리는 것을 싫어해서 신용카드도 사용하지 않는다. 결혼 전에는 교통사고처럼 예상치 못한 일로 목돈을 지출해야 하는 달이면, 식비나 교통비와 같은 고정 지출을 줄이기 위해 애써야만 했다. 그런데 지금은 용돈이 떨어져도 내 돈만큼은 아니지만 남의 돈보다는 훨씬 편하게 빌려 쓸 수 있는 남편의 용돈이 있다.

물론 우리 부부는 단돈 만 원을 빌려도 변제일을 확실하게 정하고 반드시 갚는다. 용돈만큼은 공유의 대상에서 철저히 배제되기 때문이다. 그럼에도 불구하고 마음 편히 빌려 쓸 수 있는 남편의 용돈이 있다는 사실은, 그 자체만으로도 큰 위안이 된다.

결혼을 통한 '공유'는 팬티나 돈을 빌려 쓰는 수준에 그치지 않는다. 혼자서 소유하기에는 버거운 것들을 공유함으로써 부담과 책임을 절반으로 줄일 수 있다. 대표적인 것이 집이다. 사람은 누구나 자신을 보호할 공간으로서의 집이 필요하지만, 요즘의 부동산 시세를 감안할 때 개개인이 집을 하나씩 점유하는 것은 불가능에 가깝다. 둘이라고 부담이 사라지는 것은 아니지만 적어도 절반으로 줄어드니 훨씬 수월하다. 냉장고, 밥솥, 침대와 같은 필수 가전가구들도 마찬가지다. 삶을 영위하기 위해 반드시 필요한 것들을 누군가와 함께 부담하고 책임질 수 있으니 얼마나 효율적인가.

돈이 없어서 결혼을 포기한다는 사람들이 많다. 집 문제 때문이 크다. 하지만 결혼 여부에 상관없이 필요한 것이 집이다. 결혼 후에 필요한 것들은 결혼하지 않아도 필요한 것들이다. 오히려 결혼 후에는 집도, 차도, 냉장고도 둘이서 나누어 쓸 수 있기 때문에 돈이 훨씬 적게 든다. 샴푸나 린스와 같은 생필품도 대용량이 훨씬 싸다. 비싼 소량 포장 제품과 저렴한 대용량 제품 사이에서 고민할 필요가 없다. 둘이 함께 쓰니 대용량도 금방 줄어든다.

결혼 전 혼자라서 버거웠던 또 한 가지는 바로 야식이었다. 치맥을 너무나도 좋아하지만 혼자서 치킨 한 마리를 시키기에는 부담이었고, 부담이 욕망에 패배하여 결국 한 마리를 시켜버린 날에는 반도 채 먹지 못하고 냉장고로 집어넣곤 했었다. 치맥을 좋아하는 남편을 만나 둘 중 한 사람이 원하면 주저 않고 주문을 넣을 수 있게 된 것은 어쩌면 냉장고나 밥솥, 침대를 공유하게 된 것보다 더 큰 장점일 수 있겠다.

무엇보다도 평생 함께 살아가면서 우리가 가장 많이 공유하게 되는 것은, 서로의 시간과 경험이다. 부모님이 내가 기억하지 못하는 어린 시절을 생생하게 읊어주실 때마다 마치 그때의 나를 직접 본 것 같은 기분이 드는 것처럼 세월이 지나고 내 모습이 변한 후에도 나의 젊은 날이 누군가의 추억 속에 남게 되리라는 생각을 하면, 소소한 일상들마저도 특별하고 아름답게 여겨진다.

남편의 팬티를 입어본 후, 그 매력에 푹 빠졌다. 주말이면 내 팬티를 두고도 괜히 남편의 서랍에 손을 대기 시작했다.

"어떡해. 자기가 내 팬티를 입어서 내가 입을 게 없어졌어."

"그러게. 그럼 오빠도 내 거 입어볼래?"

"내가 자기 팬티를 어떻게 입어……."

"작으려나? 그럼 오빠는 내 원피스를 입어. 루즈핏이야."

"뭐야…… 원피스는 또 어떻게 입어……."

"빨래 마를 때까지만 입어봐. 편할 거야."

"……."

남편과 내 원피스를 공유하려던 계획은 실패했다. 아직은 지키고 싶은 그만의 무언가가 있는 모양이다. 하지만 언젠가는, 내가 그의 팬티에서 발견한 매력을 그도 나의 루즈핏 원피스를 통해 알게 되는 날이 오리라.

시어머니와의 첫 통화

결혼 후 한 달하고도 3일이 지난 평일 점심시간, 서둘러 점심을 먹고 화장실로 향했다. 그간 마음만 먹고 해내지 못했던 일을 해볼 참이었다. 아무도 없는 화장실, 빈칸에 들어가 휴대폰을 꺼냈다. 그리고 즐겨찾기에 넣어둔 전화번호 위에 손가락을 갖다 대었다. 곧 신호음이 들렸다. 마음이 쿵쾅쿵쾅 뛰기 시작했다. 무슨 말로 시작해야 할까.

"여보세요."

어머님의 목소리였다. 웅성거리는 소리가 들리는 것을 보니 밖에 나와 계신 모양이다.

"어머님, 저 예지에요. 식사는 하셨어요?"

첫 통화에서 대뜸 식사 얘기부터 꺼내다니. 긴장한 티를 내고 싶지는 않았는데 어쩐지 '저 긴장했어요'라고 말해버린 것만 같다.

"그래. 너는 밥 먹었나?"

"네. 어머님. 저도 방금 먹고 들어왔어요."

잠깐의 침묵이 있은 후, 어머님의 말씀이 이어졌다.

"안 그래도 아침에 너희 시아버지한테 목소리 듣고 싶은데 전화가 안 온다고 얘기했었다."

뜨끔했다.

우리 어머님은 감정을 애써 숨기려고도 하지 않으시지만 숨기지도 못하는 분이시라 가끔은 직설적인 화법에 당황할 때가 있다. 이번에도 진작 전화를 드리지 못한 것에 대한 후회와 당황으로 말문이 막혀버렸다.

전화 한 번 드려야지 하고 마음먹은 걸로 치면 스무 번도 넘지만 막상 행동으로 옮겨지지가 않았다. 평소에도 부모님이나 친구들에게 안부전화를 즐겨 하는 편은 아니다 보니 통화하는 것 자체가 낯설었고, 게다가 아직은 어려운 시부모님이시라 어떤 주제로 대화를 해야 할지도 막막했다.

부모님과 시시콜콜한 이야기들을 전화로 주거니 받거니 하는 역할은 언제나 동생의 몫이었다. 살가운 딸이지 못했던 나는, 시부모님께도 살가운 며느리가 되기는 어렵겠다고 스스로 단념하고 있었던 것인지도 모른다. 그렇다 하더라도 한 달간 전화 한 통도 하지 못한 것은 너무했다는 자책이 들었다. 게다가 어머님께서 우리 전화를 기다리고 계셨다고 하시니 죄송한 마음은 더욱 커졌다. 그때 어머님의 말씀이 이어졌다.

"그런데 너희 시아버지 말씀이, 기다리지 말고 먼저 전화해보라고 하시더라고. 그래서 오늘 전화해봐야지 했는데 마침 네가 해줬네."

며느리에게 서운하셨을 텐데도 궁금하면 먼저 전화해 보라 말씀하신 아버님의 넓은 아량과 서운한 마음도 '목소리 듣고 싶었다'는 기분 좋은 말로 표현해 주시는 어머님의 마음 씀씀이에 한없이 죄송하고 감사한 마음만 남은 채 첫 통화를 마쳤다. 통화시간은 4분 1초. 어머님이 밖에 나와 계셔서 긴 이야기는 나누지 못했지만, 그간의 안부도 여쭙고 할아버님 안부도 여쭙고 곧 찾아뵙겠다는 말씀도 드렸으니 첫 통화치고는 나름 밀도 있는 대화를 한 셈이라고 생각했다.

그날 밤, 남편에게 말했다.
"오빠, 우리 주말에 영천 갈까?"
"갑자기 왜?"
"오늘 어머님께 조만간 찾아뵙겠다고 말씀드렸거든."
남편이 놀란 눈으로 물었다.
"엄마랑 통화했어?"
"응. 어머님이 친구분들이랑 모임 중이셔서 길게는 못했지만."

어머님과 나눈 대화를 전하다 보니 통화시간보다 전하는 이야기가 더 길어졌다. 직접 나누지 않은 이야기까지도 유추해서 은근슬쩍 덧붙이는 내가 낯설면서도 대견했다. 나는 남편에게 어머님과 친해지고 있다고 모른 척 티를 내고 있었다. 사실이 그랬다. 단둘이 통화까지 하고 나니 부쩍 어머님과 가까워진 기분이 들었다. 어쩌면 먼 훗날 남편이 나를 서운하게 만드는 날에, 어머님께 전화 걸어 시시콜콜 일러바치는 며느리가 되어있을지도 모르겠다. 그러면 어머님은 뭐라고 말씀하실까. 왠지 우리 어머님, "걔 하는 짓이 지 아빠랑 똑같네. 너희 시아버지가 젊을 때 그래서 내가 얼마나 서운했다고." 라며 맞장구 쳐주실 것 같다.

딸보다 사위

친정 부모님과 회도 먹고 온천도 가고 제법 즐거운 시간을 보낸 후 진주로 돌아오는 길이었다.

"자기, 장모님께 말을 너무 차갑게 하는 것 같아."

"응? 내가 뭘?"

"장모님이 많이 서운하셨나 봐. 어제저녁에."

"그래 보였어? 괜찮아. 엄마는 날 잘 알아서 이해하실 거야."

"아닌 것 같던데? 장모님 어제 식당에서 먼저 집에 가 버릴까 생각까지 하셨대."

"정말? 엄마가 그렇게 말해?"

"응. 많이 서운하셨나 봐. 돌아오는 길에도 기분이 안 좋으셨잖아."

"그래? 난 전혀 몰랐는데."

"말투가 다르시던데? 너무 쏘아붙이듯 말하지는 마. 그렇게 안 해도 자기 진심 아실 거야."

남편의 말을 들으며 부모님과 함께 보낸 어제의 일을 다시 돌이켜봤다. 온천탕에서 딸과 목욕하는 걸 좋아하는 엄마를 위해 오후 두 시쯤 감포에 갔었다. 목욕을 싫어하는 아빠와 그런 아빠를 혼자 둘 수 없었던 남편이 가까운 카페에서 우리를 기다리는 동안, 엄마와 나는 뜨거운 해수탕에 몸을 담그고 오랜만에 서로의 등을 밀며 묵은 때와 함께 묵은 대화들도 끄집어냈다. 그때까지는 참 좋았다. 분위기가 냉랭해진 건 목욕 후에 이동한 횟집에서였다. 바다가 보이는 창가에 자리를 잡고 앉아 엄마가 맥주를 주문했던 순간, 바로 그 순간에 내가 발끈해 버리면서부터였다.

"엄마, 요즘도 술 마셔?"

　젊어서부터 부모님은 술을 참 좋아하셨다. 오징어 반찬 하나만 가지고도 소주 한 병은 거뜬히 해치우시는 두 분의 음주습관을 내가 경계하기 시작한 것은 5~6년 전부터다. 마냥 건강하실 것만 같았던 부모님의 건강검진 결과표에서 요주의 신호들이 하나둘씩 나타나기 시작한 것이다. 한번 나빠진 건강은 지나간 시간만큼이나 돌이키기 어렵다는 사실을 알기에 취미처럼 드시는 술이 '독'이 될까 무서웠다. 이후로 그만 드시라는 잔소리를 늘어놓았더니 술에 관해서는 부모님도 슬슬 내 눈치를 살피시는 분위기가 되었다. 그래서 이제는 끊으셨나 보다 했는데 그게 아니었던 거다. 옆에서 아빠가 엄마를 거드셨다.

"가끔. 중요한 날에만 마시지."

그쯤에서 그만두어도 되었을 텐데, 나는 언성을 높여버렸다.

"오늘은 무슨 중요한 날인데?"

"딸이랑 사위가 놀러 온 날."

"그럼 오늘 말고 최근에 마신 건 언젠데."

이번에는 엄마가 대답했다. 우리 엄마는 거짓말을 못하신다.

"엊그제. 숙모들 왔을 때."

"그럼 거의 매일 마시는 거잖아! 병원에서 안 좋다고 하는데 왜 자꾸 마시는 거야? 지금 그렇게 술 마시는 거 무책임한 거야, 엄마!"

2월의 바람보다 더 차가운 기운이 우리 네 사람이 앉은 자리를 감쌌다. 아빠가 헛웃음을 지으며 회 접시 옆에 놓인 맥주병을 드셨다.

"일단 시킨 거니까 한 병만 나눠 마시자."

남편이 잽싸게 잔을 모았다. 한동안 정적이 흘렀지만, 잠시 후 식감이 좋다는 둥 들어가는 길에 커피 한 잔 하자는 둥 일상적인 대화가 이어졌기에 엄마의 기분도 괜찮은 줄로만 알았다. 그런데 딸도 모르는 엄마의 서운함을 사위가 눈치챘다고 하니 놀랍고, 딸에게 서운한 마음을 딸이 없는 자리에서 사위에게 털어놓으셨다고 하니 그 또한 놀라웠다.

어쩌면 내가 모르는 사이에 부모님께 드린 상처들이 많을 수도 있겠다는 생각이 들었다. 나는 눈치도 채지 못하는 사이 부모님은 나로 인해 상처를 받고 스스로 회복하기를 거듭하셨을 것 같아 죄송했다.

나는 어려서부터 살가운 성격은 아니었다. 서론 없이 용건만, 과정 없이 결과만 말하는 성격이다. 공부가 힘들다거나 갖고 싶은 옷이 있다는 투정을 하지 않는 것이 효도라고 생각했다. 그런 성격 탓에 부모님의 힘들고 속상한 이야기도 들어드린 기억이 거의 없다. 본격적으로 꺼내시기도 전에 내가 먼저 잘라먹어버렸는지도 모른다.

자식이 부모를 선택할 수 없듯이 부모 또한 자식을 선택할 수는 없기에, 무뚝뚝하고 재미없는 성격의 딸을 가진 부모님은 그들의 숙명으로 받아들이고 이미 익숙해지셨으리라 믿었다. 그런데 남편의 말을 들어보니 그렇지 않은 모양이다. 엄마는 단지 서운함을 노골적으로 드러내지 않으셨던 것뿐이다. 그래서 무뚝뚝한 딸은 미처 몰랐던 엄마의 기분을 읽어준 사람이 남편이었다.

남편은 종종 아빠와 나의 관계에서도 감초 같은 역할을 한다. 아내와 두 딸로 구성된 가정에서 혼자 있는 시간이 많은 아빠의 외로움을 읽어주는 유일한 사람도 남편이다.

엄마가 딸에게 받은 상처를 사위에게 털어놓을 생각을 하셨다는 점에서 나는 남편에게 고마운 마음이 들었다. 남편이 없었다면 이번에도 역시나 엄마는 혼자서 서운한 마음을 삭이고 마셨을 텐데. 엄마의 몸만큼이나 마음도 약해져 가고 있었다는 것을 나는 미처 깨닫지 못했다.

신혼 초 경주에 갔을 때, 삼계탕이 차려진 밥상에서 제일 큰 전복이 남편의 국그릇에 얹혀있었던 일이 있다. 겉으로는 툴툴대면서도 내심 그 전복이 나에게 잘하라고 주는 뇌물이라고 생각했었다. 그때는 정말로 그런 의미였을지 모르지만, 이대로라면 전복이 아니라 엄마의 사랑마저도 남편에게 빼앗기겠다는 위기감이 든다. 상처를 주는 딸과 상처를 읽어주는 사위, 나라도 사위를 선택하겠다.

남편 덕분에 부모님을 대하는 내 행동과 말투를 되짚어보며, 언젠가는 부모님만큼 편하고 익숙해질 남편에게도 내 차가운 화살이 향하게 될까 봐 염려되었다.

"오빠, 나중에 오빠한테도 내가 톡 쏘아붙이듯 말하면 어쩌지?"
"나중에? 지금은 아니라고 생각하는 거지?"
"응? 지금도 그래?"
"농담. 헤헤. 차갑게 말하면 난 상처받을 거야. 그러지 말아줘."
"응. 내가 혹시 그러면 말해줘."

"말하면? 착하게 말할 거야?"

"음. 그건 그때 생각해볼게."

운전대를 잡은 남편이 배시시 웃는다. 남편의 웃는 모습을 보면 나도 덩달아 웃음이 나온다. 지금 같아서는 서로 상처 주는 말을 내뱉을 일이 영원히 없을 것만 같다.

나의 상속인

얼마 전 회사 동료의 아버지께서 돌아가셨다. 장례식장은 회사에서 네 시간가량 걸리는 곳에 있었다. 퇴근 후 바로 출발했는데도 도착했을 때는 밤 열한시가 다 되어있었다.

성인이 되기 전에는 장례식장이라는 곳에 가 본 적이 없었는데, 스무 살을 넘기고부터 몇 해에 한 번씩, 직장 생활을 시작하고부터는 일 년에도 몇 번씩 갈 일이 생긴다. 그래서 그다지 낯선 곳은 아닌데도 매번 들어갈 때마다 머뭇거리게 되는 곳이 장례식장이다.

장례식장으로 들어가는 발길을 가장 무겁게 만드는 것은 무엇보다도 그 자리를 지키는 유족들의 얼굴이다. 소중한 사람을 잃은 슬픔을 그대로 간직한 채 자리를 찾아준 손님들과 인사말을 주고받으며 감정을 눌러야 하는 것은 장례식 문화의 너무 잔인한 면이 아닌가 싶다.

아버지를 잃은 회사 동료의 얼굴을 마주하자 역시나 무슨 말을 해야 할지 몰랐다. 경직된 표정과 핏기를 잃은 입술이 굳이 말로 하지 않아도 너무 힘들어하고 있음을 보여주었다. 다른 동료들이 그에게 위로의 말을 건네는 동안에도 나는 얼굴을 정면으로 바라볼 자신이 없었다. 타지에서 직장 생활을 하느라 부모님을 자주 찾아뵙지 못했던 그의 형편을 알기에 그가 느낄 죄책감과 상실감이 전해져서 눈물이 날 것 같았다.

그렇게 그의 얼굴을 피해 고개를 돌리다 상복을 입은 그의 어머니와 눈이 마주쳤다. 작년 그의 결혼식에서 처음 뵈었을 때는 화사한 한복에 화장도 곱게 하신 모습이셨는데, 지친 기색이 여실히 드러나는 상복 차림의 모습은 마치 다른 사람처럼 보였다.

"어머니께서도 많이 힘드시겠어요."

장례식장에 들어선 후 처음 건넨 말에 그가 대답했다.

"네. 누구보다 힘들어하시네요."

정말이지 그 자리에 있는 어떤 이보다 힘드셨을 것이다. 30년 이상을 단짝으로 지내며 서로에게 가장 소중한 존재였던 사람이 다시 돌아올 수 없는 곳으로 떠났으니 그보다 더 큰 슬픔이 있을까.

장례식장에서 돌아오는 길에는 단골처럼 드는 생각이 있다.

주변 사람들에게 더 잘하자.

할 수 있을 때 더 많이 표현하고 베풀자.

하지만 이번에는 전에 없던 생각이 하나 더 늘었다. 만약 내 남편이 다시 돌아올 수 없는 곳으로 가버린다면 얼마나 슬프고 힘들까 하는 생각이다. 아마도 그 슬픔은 지금껏 내가 인생을 통틀어 경험한 슬픔들을 모두 하찮은 감정으로 만들어버릴 만큼 크고도 진할 것 같다. 어쩌면 시간이 흘러도 극복할 수 없는 슬픔일지도 모른다.

그러다 갑자기 떠오르는 기억이 있어 웃음이 났다. 불과 결혼 1년 만에 남편의 존재감이 이토록 커질 것을 예상하지 못했던 결혼 직후의 일이다. '민법'을 공부해보겠다고 새벽마다 일어나 책을 펼쳐 들던 때였다. 시작은 회사의 교육 프로그램이었지만 하다 보니 민법이 다루는 내용들이 현실과 꽤 관련이 깊어 흥미를 느끼고 있었는데 그중 내 분노를 불러일으킨 대목이 있었다. 바로 '상속'에 관한 부분이었다.

그때를 기준으로 불과 한 달 전, 그러니까 내가 결혼하기 직전에는 나의 상속인이 부모님이었는데 결혼 후에는 남편과 자식들이 상속을 받게 된다는 내용이었다. 갖고 싶고 먹고 싶은 것을 양보하며 힘들게 키워주신 부모님을 외면하는 상속법의 내용이 부당하게 여겨져 결국 나는 애꿎은 남편에게 화살을 겨누었다.

"오빠, 내가 죽으면 어떡할 거야?"

"웅? 무슨 그런 말을 해?"

"혹시 모르잖아. 사고나 병으로 먼저 죽을 수도 있으니까."

"엄청 슬프겠지. 상상하기도 싫으니까 그런 말 하지 마."

남편의 말에는 진심이 어려있었지만, 내가 기대하던 답은 아니었다. 다시 물었다.

"감정을 물은 게 아니라 어떻게 할 건지 물은 거야."

"어떻게 하긴. 걱정 마. 난 재혼은 안 할 거야."

이번에도 남편의 굳은 각오가 깃들어있었으나 내가 기대하던 답은 아니었다.

"내가 죽으면 내 돈은 어떡할 거야?"

"응?"

"내가 모은 돈이랑 사망보험금 말이야. 우리 부모님 안 드리고 오빠가 다 가질 거야?"

그제야 남편이 심각할 대로 심각해져 있던 표정을 풀면서 웃었다.

"장인어른이랑 장모님이 걱정돼서 그러는구나?"

"응. 나 공부시키느라 모아둔 돈도 없으실 거란 말이야."

"좀 서운하다. 난 자기랑 결혼하면서 장인어른이랑 장모님도 부모님으로 생각하는데 자기가 그런 걱정을 하니까. 그럴 일은 없겠지만 자기가 없어도 내가 챙겨드릴 거야. 걱정 마."

그 말에 마음을 놓았던 것을 떠올리면, 아마도 그때까지는 아직 남편을 내 가족으로 완전히 받아들이지 못했던 것 같다. 같은 집에서 한 이불을 덮고 자면서도 부모님과 나와 동생이 30년간 만들어온 가족의 울타리에서는 남편을 은근히 배제하고 있었던 것이 아닐까. 사람들 앞에서는 '가족'으로 소개하면서도 얼마 되지도 않는 유산을 두고 걱정하는 나를 보며, 남편은 내가 여전히 자신을 '남'으로 여기는 것은 아닌지 의심했을지도 모르겠다.

그런데 남편이 요즘 엄마 행세를 하고 있다. 주말이면 먼저 일어나 '밥 먹자'며 나를 깨운다. 5분만, 10분만을 외치다가 겨우 몸을 일으켜 입안을 헹구고 나오면 엄마표 된장찌개가 남편표 김치찌개로 바뀌어 나를 맞는다.

출장을 가는 날이면 안전벨트는 잘 맸는지, 도착시간은 언제인지를 시시때때로 묻는 거며 끼니는 잘 챙기고 다니는지를 걱정하는 것도 영락없는 엄마다. 과속을 일삼는 후배의 차를 얻어 타는 대신, 버스를 타고 가는 건 어떻겠냐며 진지하게 물을 때는 내내 별나다고 투덜거렸던 엄마가 오히려 평범한 사람처럼 여겨지기도 한다.

친정이나 시댁보다 신혼집이 더 편해진 것처럼, 아침부터 밤까지 봄부터 겨울까지를 한 몸처럼 지내다 보니 이제는 피를 나눈 가족만큼이나 남편이 편하고 익숙하다. 종종 '우리에게 무슨 일이 생긴다면?' 하는 가정을 세워보는데, 거기에 답을 하다 보면 남편이 내 가장 소중한 사람의 자리로 슬그머니 들어와 눌러앉은 것을 느끼게 된다.

남편!

함께 있는 시간이 길어질수록 우리가 서로를 잃었을 때의 상실감과 슬픔도 크겠지만, 그래도 최소한 후회는 남지 않도록 우리 서로에게 솔직하게 또 적극적으로 사랑을 표현하자.

그리고 혹시 내가 먼저 죽으면, 우리 부모님 잘 부탁해.

어머님, 왜 저희만 바쁘죠?

결혼 후 첫 명절을 앞두고, 부모님은 제대로 된 음식 한번 만들어본 적 없는 내가 실수를 할까 봐 걱정이셨다.

"처음이니 못하는 게 당연하잖아."
"그걸 말이라고? 친정에서 못 배웠다고 욕하시겠다."
"엄마가 조금 욕먹으면 내 몸이 편해질 수 있는데?"

시댁 제사상을 차리는 것이 결혼한 여자의 의무이며 제대로 해내지 못하는 것이 책잡힐 일이라도 된다고 생각하시는 부모님께, 어째서 귀한 딸이 얼굴도 모르는 시댁 조상님들의 제사상을 차리느라 고생할 것에 대해 안쓰러워하지 않고 오히려 부추기는 건지 따져 묻고 싶었다.

하지만 맏며느리로 들어와 30년 넘도록 단 한 번의 불평도 없이 명절과 제사를 모셔온 엄마에게 꺼내봐야 서로 기분만 찝찝한 상태로 끝날 대화 소재라는 판단이 들어서 가벼운 농담으로 마무리했다.

　시댁에서 멀지 않은 곳에 제사를 지낼 시할아버님댁이 있었다. 아빠가 사준 앞치마를 두르고 양팔을 걷어붙인 채 시할아버님댁 거실에 앉았다. 평생 명절 음식은 먹기만 했을 남편도 맞은편에 앉았다. 그리고 양옆으로 어머님과 숙모님이 자리하셨다. 남편을 제외한 남자들의 자리는 시할아버님이 계시는 안방이었다.

　내 담당은 각종 '전 부치기'였다. 손질된 재료가 수북이 담긴 소쿠리에서 하나씩 꺼내 밀가루와 계란 옷을 입힌 후 달구어진 팬에 올려 앞뒤로 뒤집어가며 굽는 공정이었다. 전 굽는 일은 처음이었지만 노릇노릇하게 타지 않을 정도로 뒤집다가 건져내는 일은 꽤 재미있었다. 목과 허리가 뻐근하기는 했으나 오랜 시간 컴퓨터를 할 때도 종종 찾아오는 익숙한 통증이었다. 갖가지 재료들이 기름에 튀겨지며 나는 냄새도 고소하니 좋았다. 남편과 서로의 척추에 대한 안부를 물으며 속으로 '별것 아니네'라고 생각했다.

　하지만 명절의 고충은 의외의 곳에 있었다. 그곳은 남자들이 집결한 시할아버님 방이었다. 음식을 만드는 몇 시간 동안 텔레비전 채널 돌아가는 소리가 반복해서 들려왔다. 미닫이문을 닫아둔 방에서는 뭐가 그렇게 재미있으신지 웃음소리가 끝없이 새어 나왔다. 잠시 후 방에서 나와 우리 곁을 지나시던 작은 아버님께서 남편을 향해 말씀하셨다.

"남자는 빠져라. 뭐하노?"

남편이 어색한 웃음을 지으며 내 눈치를 살폈다. 남편은 내가 힘든 일을 떠맡게 될까 봐 영천에 오기 전부터 전전긍긍이었다. 하지만 그가 모르는 게 있었다. 나도 조금 전까지는 몰랐던 사실, 명절이 주는 부담이 몸의 수고로움 때문이 아니라 마음의 불편함 때문이라는 사실이다.

결혼 후의 명절에 대해 막연히 걱정하던 때, 누군가로 인해 명절 스트레스를 받게 된다면 당연히 시어머님일 거라고 생각했다. 하지만 예상은 빗나갔다. 아침부터 다리 한번 펴지 못하시는 시어머님께, 그리고 숙모님께 나는 오히려 동질감을 느꼈다. 무언가 단단히 잘못되어 있었다.

추석 아침, 말끔한 정장 차림의 남자들 뒤로 상 차리기 편한 복장의 여자들이 있었다.

방을 닦고,

제기를 닦고,

제사상을 차리고,

(남자들이 제사를 지내면) 제사상을 치우고,

아침 밥상을 차리고,

성묘 음식을 준비하고,

설거지를 하고,

(남자들이 성묘 후 돌아오면) 점심 밥상을 차리고,

또 설거지를 하고,

방 청소까지 하고 나서야 비로소 끝이 나는 추석.

전날 구운 전들을 반듯하게 잘라 올리며 나는 상상해 보았다. 나의 새 가족과 나누고 싶은 대화를.

"어머님, 왜 저희만 바쁘죠?"

"그야……. 원래 여자들이 하는 일이잖니."

"남자들의 조상이잖아요. 불합리하다고 생각해요."

"그렇긴 하지만, 옛날부터 그래왔단다."

"지금은 옛날이 아닌걸요. 우리 여자들끼리 다음 명절에 여행 가요!"

"(웃음)"

"어머님, 그럼 아버님께 말씀드려 보세요. 일을 나누자고요."

"(웃음)"

"어머님께는 정말 죄송하지만 저는 다음 명절부터 못 올 것 같아요."

여기서부터는 도무지 상상되지 않았다. 있을 수 없는 일이라고 나부터도 생각해서일까.

결혼을 하면 명절마다 시댁에 가서 제사를 준비해야 한다고 아무도 말해주지 않았지만 나는 알아서 앞치마까지 준비해 갔다. 이것이 한국 사회에 공유된 전통이고 관습이기 때문이다. 합리적이라고 생각하는 명절의 풍경을 남편과 친구들 앞에서 실컷 떠들어대고도 제사상 앞에서 뒷짐 지고 있지 못하는 이유, 제사 후 친정에 간다는 말을 꺼내며 시댁 어르신들의 눈치를 은근히 살피는 이유도 마찬가지일 것이다.

제사라는 전통에 대해서는 그 역사가 워낙 오래되고 사람들의 인식에도 깊이 박혀있으니 인정하기로 한다. 하지만 여자들이 제사로 인해 받는 스트레스를 모르는 게 아닌 이상, 함께 팔을 걷고 나서서 각자의 몫은 하는 것이 남자들의 마땅한 도리가 아닐까.

여럿이 하면 같은 일도 훨씬 빨리 끝낼 수 있다는 건 일곱 살 어린애들도 알만한 사실이다. 협력해서 얼른 음식 준비를 마치고 저녁시간에는 편한 분위기에서 안부를 나눌 여유가 모두에게 공평하게 주어진다면, 결혼 후에 명절이 싫어졌다는 유부녀들의 마음가짐도 달라지지 않을까?

우리 아빠와 아버님을 비롯한 남자분들께 묻고 싶다. 여자들이 '도저히 못 하겠다'고 손을 털고 일어서면, '어쩔 수 없지'하며 제사를 포기하실 건가요? 생각보다 어렵지 않아요. 저도 처음인데 할 만하네요.

이런 문제 앞에서는 친정 부모님도 내 편이 아니다. 부모님 세대에서는 너무 당연한 상식이라 이런 화제를 꺼내는 나는 모난 돌이 되어버린다. 문제의식을 가지고는 있지만 시댁 식구들과도 좋은 관계를 유지하고 싶은 나는 이러한 현실을 체념하며 받아들이지도, 단호히 거부하지도 못한 채 속으로만 앓고 있다.

늘 그래왔기에 문제의식이 없는 어머님들과 요즘 세대의 문제의식이 두려운 아버님들. 굳어진 고정관념을 깨려면 나 혼자 겪는 이 갈등을 밖으로 꺼내는 수밖에 없는데 그 결과로 잃게 될 것 또한 내게는 너무 소중한 것들이라 행동이 쉽지 않다.

오래 보아온 친척들 앞에서 처음 하는 부엌일이 어색했을 텐데도 나서준 남편에게는 참 고맙다. 어쨌든 그에게도 용기가 필요했을 테니. 하지만 이왕 내준 용기, 조금 더 내주었으면 좋겠다. 남편은 나와 식구들을 이어주는 다리니까.

서두르지 않고 조금씩이라도 변화를 만들어가는 것이 과도기를 살아가는 우리의 역할이라고 생각한다. 그런 의미에서 돌아오는 명절 선물은 남녀 구별 없이 앞치마가 어떨까?

1분 안에 부자 되기

"오빠 20억이 생기면 뭐할 거야?"

"글쎄. 집도 사고 차도 사겠지?"

"그럼 만약에 누가 20억 줄 테니 같이 살자고 하면 어떡할 거야?"

"당연히 같이 안 살지."

"왜?"

"자기랑 살아야지."

"그렇구나. 그럼 오빠는 20억 대신 나를 선택한 거네?"

"당연하지. 자기는?"

"나도 당연히 오빠지."

"오빠. 근데 우리 엄청 부자다?"

"왜?"

"오빠는 20억 대신 나를 선택했고, 나도 20억 대신 오빠를 선택했으니까. 우린 40억 보다 더 가치 있는 부부잖아."

"응? 말이 그렇게 되나?"

"응! 우리 충분히 행복하자. 20억 가진 사람보다 더!"

1분 안에 부자 되기 2

"오빠 이번 주 로또번호 맞춰볼래?"

"로또 샀어?"

"아니. 그냥 재미로 맞춰봐."

"5, 11, 16, 21, 28, 40."

"우와. 오빠 방금 천 원 벌었어."

"정말? 맞췄어?"

"틀렸어! 만약 샀으면 천 원이 사라졌을 텐데 안 샀으니 번 거지."

"그러네."

"오빠. 우리 한 번 더 해보자."

"7, 12, 13, 18, 19, 35."

"오에. 이천 원!"

부부(夫婦)

'부부'라는 단어를 가만히 살펴본다. 한자어로 만들어진 단어로 첫 번째 '부(夫)'는 남편, 사내를 뜻하는 '지아비 부', 두 번째 '부(婦)'는 아내, 여자, 며느리를 뜻하는 '며느리 부'이다. 부부란 이렇듯 남편과 아내를 부르는 말이다. 그런데 한글로 적어두니 공교롭게도 똑같이 생긴 두 글자가 마치 양팔을 벌리고 선 두 사람처럼 보인다. 두 사람이 손을 잡고 있는 것만 같다. 한자어가 뜻하는 부부의 의미에 참 잘 어울리는 모양이라고 생각한다.

나와 가장 친한 부부는 우리 부모님이다. 우리 부모님의 결혼 스토리도 참 재미있다. 여행을 좋아하던 엄마는, 서른 살 여름 어느 날 제주도에 가기 위해 외삼촌댁에 맡겨둔 신분증을 찾으러 갔다. 그런데 여동생이 시집도 가지 않고 혼자 살 것을 걱정한 외삼촌이 결혼을 하지 않으면 신분증을 주지 않겠다고 하셨다는 것이다. 제주도에 무척이나 가고 싶었던 엄마는 어쩔 수 없이 외삼촌이 소개한 아빠를 만났고, 두 사람은 불과 23일 만에 결혼식을 올렸다.

지금 생각해 보면 물리적으로 가능한 일인가 싶다. 서로의 가족에게 인사하고 청첩장을 돌리는 일만으로도 부족한 시간이지 않은가. 처음 만난 자리에서 바로 결혼식 날짜를 잡았다 하더라도 무리한 일정이 아닐 수 없다. 어쨌든 물리적으로 불가능해 보이는 결혼식을 성공적으로 마친 부모님은 나와 동생을 낳아 기르며 지금까지 함께 살고 계시다.

엄마는 유독 아빠에게 잔소리가 많았다. 우리 자매에게는 한없이 너그러운 엄마였지만 아빠에게만은 달랐다. 밥을 먹을 때 아빠가 내는 소리, 술만 마시면 배배 꼬이는 아빠의 발음, 더운 여름에도 언제나 긴팔을 입는 습관, 늘 싼 것만 고집하는 취향까지, 모든 게 잔소리의 대상이었다. 그런 잔소리를 30년 이상 듣고도 여전히 아빠는 브랜드 옷을 마다하고 굳이 전통시장의 옷만 고집하고 있으니 지금에 와서는 엄마의 잔소리를 듣고도 표정 변화 하나 없는 아빠보다 그런 아빠를 포기하지 않은 엄마가 더 대단하다는 생각이 든다.

나는 어려서부터 부모님이 손을 잡거나 서로를 껴안는 모습을 본 적이 없다. 부모님은 길을 걸을 때도 간격을 두고 걸었다. 서로 애칭을 부르거나 흔한 '여보', '당신' 소리를 하는 것도 들은 적 없다. 사람들 앞이라고 애써 서로 살갑게 굴지도 않았다. 이모나 이웃 아주머니와 동행할 때면 엄마는 아빠를 남겨두고 저

만치 앞서가 버렸다. 남겨진 아빠에게도 불편하거나 언짢은 기색은 없었다.

　가끔 엄마는 내 앞에서 아빠 흉을 보기도 했다. 그러면 나는 "그래서 나더러 아빠를 싫어하기라도 하라는 거야?"라고 톡 쏘아붙여 편들어주기를 기대했던 엄마의 눈시울을 붉히게 하기도 했다. 무뚝뚝한 아빠와 엄마를 닮아 표현이 서툰 탓이다. 아마 부모님은 30년 이상 서툰 표현으로 서로 상처를 주고받으며 살아오셨을 것이다.

　그런 부모님이 어떻게 결혼을 했을까? 나는 그게 참 신기했다.
　첫 만남에서는 무슨 말을 했을까?
　한 번 더 만나자는 말을 누가 먼저, 어떻게 꺼냈을까?
　결혼하자는 말은 어떻게 했을까?
　신혼여행에서는 손을 잡고 걸었을까?
　서로 사랑한다는 말을 한 적은 있을까?
　좋아서 헤어지지 않는 걸까, 아니면 어쩔 수 없이 함께 사는 걸까?
　자식이라면 끔찍이 여기시는 두 분이 혹시 우리 때문에 헤어지지 못하고 계시는 건 아닐까 싶기도 했었다.

　그런데 나와 동생이 독립한 후로 거의 매일 밤 두 분이 마주 앉아 소주잔을 기울인다는 사실을 알게 되었다. 소주 한 병을 서로 더 마시겠다고 투닥투닥 하시는 소리가 전화기 저편으로 들릴 때면 나는 마음 한편이 따뜻해지기도 했다.

　돌이켜보면 엄마가 하루도 거르지 않고 차리시는 밥상에 언제나 아빠가 앉아 계셨고, 어디에 있든, 시간이 몇 시든 아빠는 엄마를 데리러 가셨다. 엄마는 지금도 아빠의 취향과 배배 꼬인 발음을 싫어하고 아빠는 늘 묵묵부답으로 일관하시지만 그럼에도 여전히 함께 사시는 걸 보면 그것들 또한 두 분의 서툰 표현방식 중 하나가 아닐까.

　엄마에게 감기에 걸렸다는 말을 한지 두 시간이 채 못 되어 아빠에게서 연락이 오거나, 아빠에게 남편의 출장 소식을 알리자마자 엄마로부터 문단속 잘하라는 문자가 날아오는 걸 보면 두 분, 생각보다 잘 지내시는 것 같다. 지난주에는 두 분이 함께 시내에 나가서 커플 점퍼도 사오셨다고 한다.

　어릴 때는 '부부'란 반드시 어떤 모습이어야만 한다는 고정관념이 있었다. 서로 다투지 않고 마냥 아껴주는, 손을 꼭 잡은 두 사람의 모습만이 부부라고 생각했었다. 그런데 요즘 우리 부모님을 보면 꼭 그런 것 같지도 않다. 엄마와 아빠에게는, 그리고 세상 모든 부부에게는 눈에 보이지 않는 끈이 연결되어 있는 것 같다. 그 끈은 때로 자녀이기도 하고 서로의 생계이기도 하며 때로는 함께 책임져야 할 가족들이나 남들에게 말할 수 없는 비밀이 되는 경우도 있을 것이다. 그 끈이 너무 거칠고 무거워서 다투는 날도 있겠지만, 그래도 어느 것 하나 놓치지 않으려 아등바등 부둥켜 쥐고 있는 모습이 또한 부부인 거다.

내 기억 속에 서로를 버거워하는 모습으로 남아있던 부모님이 친한 친구가 되어서 서로의 안부를 전해오는 모습을 보며, 우리 부모님이 마주 잡고 있던 끈이 너무 무거웠던 것은 아닐까 생각해본다. 어쩌면 내가 느끼던 부모님의 버거움은 서로를 향해있던 것이 아니라 두 사람이 책임져야 할 나와 동생, 그리고 다른 가족들을 비롯한 두 분의 삶을 향해있던 것은 아니었을까.

결혼 1년 차 새내기 부부인 우리에게는 아직 버거운 삶이 없다. 각자가 혼자일 때부터 가지고 있던 짐을 서로 나눌 수 있어서 오히려 더 가벼워진 손을 우리는 어디를 가든 꼭 잡고 다닌다. 시간이 지나고 우리 가정에도 여러 변화들이 찾아오면 늘 지금 같을 수는 없겠지?
하지만 모습이 변하더라도 아주 나쁘지는 않을 것 같다. 우리 부모님처럼.

사내커플 생존법

주차를 하고 회사 건물로 들어서는 길은 어색하다. 바로 옆에 남편이 있는데 손을 잡을 수도 팔짱을 낄 수도 없다. 우리가 부부라는 사실을 모두가 아는데 애써 거리를 두며 걷는 우리의 출근길은 '동료인 척'보다는 '동료처럼 보이고자 노력하는 척'에 가깝다.

결혼 전 같은 부서 사내커플이었던 우리는 결혼 직전까지도 비밀연애를 고수했다. 의심을 피하기 위해 회사에서는 서로를 친한 남자사람친구, 여자사람친구처럼 대하는 것이 우리의 전략이었다. 퇴근시간이 가까워지면 집이 가깝다는 핑계로 그의 옆자리로 가서 "대리님, 집에 가실 때 저 좀 태워주시면 안 돼요?"라고 오히려 떳떳하게 드러내면 아무도 우리를 의심하지 않으리라고 생각했다.

하지만 결혼을 한 달 남겨두고 청첩장을 내밀며 서프라이즈를 외쳤을 때, 돌아오는 반응은 뜻밖이었다. "둘이 드디어 결혼하는 거야?"라며 이미 예상했었다는 반응이 대부분이었고, 몇몇은 쉬쉬하며 추측하던 질문들, 예를 들어 언제부터 본격적으로 만났는지, 누가 먼저 고백했는지 같은 질문들을 쏟아내느라 바빴다.

아무에게도 말한 적이 없는데 어떻게 알았냐고 물었을 때의 대답이 더 당황스러웠다.

"모르는 게 이상하지. 합숙소 근처에서 팔짱 끼고 다닌다며?"

회사 직원들이 밀집된 합숙소 근처에서 거리낌 없이 데이트를 한 것은 사실이지만, 그래도 숨은 눈들이 그렇게 많을 줄이야.

결혼을 기점으로 사내 부부로 진화한 후에는 더 이상 숨은 눈을 의식할 필요가 없어 좋았다. 사람들이 붐비는 시간에도 마음 편하게 집 근처 극장에서 영화를 보고, 어디에서든 서로의 몸에 밀착해있어도 눈길을 끌지 않게 되었다.

하지만 거기에도 예외가 있었으니 바로 회사다. 결혼 전에는 남자사람친구, 여자사람친구처럼 편하게 대하던 서로가 더 조심스러워졌다. 그걸 예상이라도 했는지 회사는 결혼 직전 남편을 다른 부서로 보냈다. 결혼을 공개하자마자 갑작스레 올라온 남편의 발령문은 마치 경고 메시지 같았다. '알아서 조심하세요'라는.

내 직장은 남편의 직장, 내 동료는 언젠가 남편의 동료가 될지도 모르는 사람들이기에 여러 면에서 조심스러울 수밖에 없다. 회사 언니들이 남편들의 험담을 할 때면 맞장구를 치면서도 한편으로는 남편에 대한 이야기의 수위를 조절하려고 애쓴다. 업무적으로 남편을 만난 언니가 코딱지 파는 남편의 모습을 상상하게 되면 서로 좋지 않을 것을 고려한 나의 배려다.

남편의 직장이 곧 내 직장, 남편의 동료가 곧 내 동료가 될지도 모르는 사람들이라는 사실 또한 사내 부부라서 생기는 부담 중 하나다. 남편이 속한 부서는 회사의 예산과 조직을 관리하고 있어 종종 업무적으로 연락을 하는데, 그럴 때면 다른 부서 직원들을 대할 때보다 더 친절한 나를 발견한다. 지난 한 주간 남편의 퇴근시간은 밤 11시, 12시, 새벽 1시를 넘나들고 있지만 회사의 사정을 너무나도 잘 알다 보니 불평을 할 수 없는 것 또한 남편에게는 사내에 아내를 두어서 얻는 특혜이자 나에게는 빼앗긴 권리(?)인 셈이다.

회사에 사내 부부의 비중이 꽤 높은 편이다. 우리보다 먼저 결혼하신 사내 부부 선배에게 농담 반 진담 반으로 사내 부부로 살아가는 비결을 여쭤본 적이 있다.

"글쎄. 연예인들처럼 살면 돼. '쇼윈도부부'라고 들어봤지?"

쇼윈도부부라니. 행복하지 않으면서 남들에게 행복한 척 연기하는 부부를 두고 하는 말이 아닌가. 누구보다 본받고 싶은 선배에게서 그런 대답이 나오다니, 당황스러웠다.

하지만 회사에서 서로를 무심하게 대하는 선배부부를 보고 있으면, 선배가 말하는 '쇼윈도부부'의 의미가 내가 익히 아는 의미와

사뭇 다른 것 같다. 서로 적당히 거리를 두는 것, 집에서 생긴 감정을 회사에서는 잠시 묻어두는 것, 상대의 건강한 직장 생활을 위해 서로의 프라이버시를 지켜주는 것이 선배가 말하는 '쇼윈도 부부'의 의미가 아닐까. 그래서 나로 하여금 종종 선배들이 부부라는 사실을 잊어버리게 만드는 것이 바로 선배네 부부의 생존법인 모양이다. 직장은 우리의 행복을 구태여 과시할 필요도, 갈등을 드러내 보일 이유도 없는 곳이니까.

사내 부부로 살아가려면 여러모로 신경 쓰이는 부분도 많고 감수해야 하는 일들도 생기지만 그럼에도 불구하고 사내 부부라서 좋다. 공유할 수 있는 대화의 주제도 많고, 서로의 힘든 상황에 대해 이해받기도 쉽다. 무엇보다도 우리가 같은 건물에 있다는 사실이, 점심시간에 우연히 밥 먹는 모습을 포착할 수 있는 근거리에 남편이 있다는 사실이 좋다.

우리집 이야기

　우리에게도 '집'이 필요했다. 함께 밥을 먹고 잠잘 수 있는 집이. 결혼을 약속하기 전부터 남편은 '집' 걱정을 했던 것 같다. "우리도 아파트 분양 신청해 볼까?"라고 먼저 제안했던 걸 보면.

　부동산에는 관심이 전혀 없었던 나는 남편을 따라 경품이벤트에 응모하듯 가벼운 마음으로 분양을 신청했다. 그리고 얼마 후 당첨이 되었다. 남편은, 떨어졌다.

　분양 가격의 10%에 달하는 계약금을 마련하고 서류를 준비하는 것이 당시에는 버거웠다. 내 생에 수천만 원을 한 번에 지출한 적이 있었던가. 아직 지어지지도 않은 아파트를 위해 몇 년간 모은 예금을 깨뜨려야 하는 것이 별로 달갑지 않았다. 당첨 소식에 뛸 듯이 기뻐하던 남편은 이제 자신과 상관없는 일인 양 뒷짐을 지고 있었다. 그 상황에서 계약을 포기할까 고민하던 나를 독려한 것은 함께 분양을 신청했다가 떨어진 동료들의 부러움이었다. 벌써부터 엄청난 프리미엄이 붙었다는 말에 솔깃해진 나는 결국 형체도 없는 미래의 아파트를 위해 도장을 찍었다. 그 결과, 우리 부부의 통장은 줄곧 대학 시절과 별 차이 없는 잔고를 유지하고 있다.

계약 후 얼마 지나지 않아 결혼을 약속했다. 미래의 아파트가 아니라 당장 함께 살 집이 필요했다. 결혼 전처럼 각자 합숙소에서 다른 룸메이트들과 살아갈 수는 없었다. 둘의 직장 생활 기간을 합치면 10년도 훌쩍 넘었지만 분양받은 아파트 계약금과 1회차 중도금까지 내고 나니 앞이 막막했다. 게다가 결혼식도 공짜는 아니었다. 최소한의 현금은 가지고 있어야 했다. 그때 찾아낸 집이 바로 지금 우리가 사는 집이다.

회사에서 도보 10분, 차로 5분 거리에 위치한 12평짜리 오피스텔. 전세 가격도 주변 아파트 시세보다 절반 이하로 저렴하고, 텔레비전과 세탁기, 냉장고, 전기레인지 등 기본 가전이 설치된 곳이라 혼수도 필요가 없었다. 인터넷으로 구입한 침대와 블라인드가 우리가 집에 투자한 전부다. 따져보니 100만 원도 채 들지 않았다. 청소도 간단하고 동거하는 기분으로 살기에도 안성맞춤인데다가 혹여 서로 다투더라도 붙어있을 수밖에 없으니 신혼을 보내기에 이보다 좋은 집이 있을까.

12평이지만 필요한 건 다 있다. 거실 겸 주방 하나와 두 개의 방이 정사각형의 공간에 오목조목 들어있다.

침실에는 퀸사이즈 침대를 하나 놓았더니 발 디딜 공간이 겨우 남았다. 침실에는 침대만 놓겠다던 나의 다짐이 저절로 실현되었다. 침대 위에는 남편이 사용하던 매트리스를 놓고, 부모님이 결혼 선물로 사 주신 침구를 얹었다. 새 침구가 깔린 침대만으로도 신혼 분위기를 내기에는 부족함이 없었다. 밤마다 나란히 누워 "오늘 재미난 일 없었어?"라고 서로의 하루를 주고받는 소중한 공간이 되었다.

　나머지 하나의 방은 다용도로 쓰이고 있다. 중학교 때부터 나를 따라다니던 나무 책상 덕분에 서재의 역할도 하다가 붙박이 옷장과 행거 덕분에 옷방의 역할도 한다. 옷방과 거실에 놓인 수납장들은 모두 내가 사용하던 것들이다. 입사 초기에 사서 이사를 할 때마다 계속 데리고 다니다 결국 신혼집에서도 유용하게 쓰고 있다.

　오랜 자취 생활을 해 온 두 사람이 살림을 합치니 어지간한 생활용품은 차고 넘쳤다. 짐을 풀고 보니 드라이기도 두 개, 믹서기도 두 개, 살충제는 세 개나 되었다. 처음 독립할 때 선물로 받았지만 열 번도 채 쓰지 못했던 밥솥을 꺼내니 남편이 "밥솥도 있어?"하며 놀랐다. 남편의 짐에서는 밥솥 대신 전자렌지가 나왔다. 놀라웠던 점은 남편에게 빨래 건조대가 없었던 거다. 남편은 지난 수년간 어떻게 빨래를 말려왔던 걸까.

　휑하던 거실에 직장 선배가 2인용 탁자를 하나 놓아주셨다. 없던 살림(?)에 혜성처럼 등장한 탁자의 존재는 우리의 삶을 매우 윤택하게 만들어주었다. 탁자에 앉아 창밖을 보면 잔디가 깔린 축구장도 보이

고 공원을 거니는 사람들도 보인다. 햇살 좋은 날은 마주 앉아 서로
가 좋아하는 차를 한 잔씩 앞에 두고 여유를 부리기도 좋은 장소다.

좁은 집이지만 곳곳마다 나름의 이야기가 있다. 붙박이 가구를 만
들다 남은 곳으로 추정되는 옷방 자투리 공간은 연애시절 받은 꽃
다발, 결혼사진, 우리 두 사람이 각자 가져온 책들을 모아둔 추억의
공간이다. 책들 너머로 남편 몰래 내 보물을 숨겨두기도 하는 특별
한 공간!

결혼 소식을 늦게 안 친구들이 가끔 집으로 선물을 보내준다. 새 물
건은 오래된 물건처럼 정겨운 맛은 없지만, 우리의 첫 신혼집에서 함
께 만들 추억들이 담길 물건들이라 좋다. 내 오래된 책상처럼, 먼 훗
날 우리의 신혼을 떠올리게 해줄 소중한 물건들이 될 것 같다.

결혼소식을 전할 때마다 사람들은 예외 없이 '집'에 대해 물었다.

"집은 어디에 구했어?"

"회사 근처에. 걸어서 10분 거리 오피스텔이야."

"오피스텔?"

"응."

"하긴 요즘은 오피스텔도 아파트처럼 크게 나오지?"

"그런가? 우리 집은 12평이야."

의외라는 반응에도 예외는 없다. 덜 친한 지인들은 갑자기 화제를 돌리며 괜한 질문을 해서 미안하다는 표정을 짓기도 한다. 혼자 살 때는 회사 합숙소에서 5평짜리 방 한 칸씩을 쓰던 우리다. 그런데 사람들은 결혼을 하면 크고 좋은 집에 살 것이라고 생각한다. 1 + 1은 2가 될 뿐인데, 그 이상을 기대하는 것 같다.

"부모님이 뭐라고 안 하셔?"
"응. 잘했다고 하시던데?"
고개를 갸우뚱하는 반응을 볼 때면 분양받은 아파트의 입주 시기를 늦추더라도 이 집에서 더 오래 머물고 싶은 오기가 생긴다. 돈이 없어서 떡볶이를 사 먹는 것이 아니듯 집의 크기가 부의 크기에 완전히 비례하는 것은 아닌데, 어떤 사람들은 단지 얼마나 큰집에 사는지를 두고 생각보다 많은 것을 판단하는 것 같다.

부의 크기에 맞추어 집을 골라야 한다면 더욱이, 함께 살 수십 년의 시간들 중 현재의 우리가 가장 가난할 것이므로 지금 이 공간이 우리에게는 딱 어울리는 곳인데 말이다.

집이 작아서 한 가지 아쉬운 점이 있다면, 알콩달콩 신혼으로 사는 모습을 친구들에게 보여주기 어렵다는 것이다. 누울 자리는 물론 앉을 자리도 부족한 공간이라고 판단한 친구들이 먼저 나서서 집들이 시기를 새 아파트 입주 이후로 미뤄주었다.

이 집에 온 지도 1년이 다 되어간다. 처음과는 많은 것이 달라졌다. 자리를 빼앗긴 옷가지와 화장품들이 의자와 선반을 점령하고 있다. 청결의 기준도 처음보다 완화되어 거울 위에 두텁게 쌓여가는 먼지에도 아랑곳하지 않는다. 우리가 서로에게 적응하듯 우리집도 우리에게 완전히 적응해버린 모양이다.

그나저나 벌써 1년이라니. 이제 1년이 더 지나면 이 집을 떠나야 한다. 앞으로 1년, 이 집은 또 얼마나 달라질까. 그때쯤이면 손톱깎이를 찾기 위해 숨바꼭질을 하게 되지는 않을까. 그것도 추억이 되겠다. 신혼집과 함께 새록새록 떠오를 우리가 평생 가져갈 추억.

우리집 가훈

1. 비교하지 말기
2. 기대하지 말기
3. 부담 갖지 말기

가사분담

미혼 친구들이 단골로 하는 질문이 있다.

"가사분담은 어떻게 해?"

특히 결혼을 얼마 남겨두지 않은 친구들이 가사분담에 큰 관심을 보인다. 함께 직장 생활을 하면서도 가사는 여전히 여성의 몫으로 분류되는 분위기에 혹시 자신도 일과 가사 두 가지를 병행하게 될까 봐 겁먹은 모습이 마치 결혼을 준비할 때의 나를 보는 것 같다.

결혼한다는 소식에 친정식구들을 비롯한 지인들이 한 목소리로 '사과 하나 제대로 못 깎는' 나를 걱정했으니 두려울 법도 했다. 남편에게는 '사과 하나 못 깎는데 장가가서 큰일이라'고 말하는 이가 없었을 거라는 생각을 하면 부담은 더 커졌다.

"오빠, 우리 집안일은 어떻게 나눌까?"

결혼 이야기가 본격적으로 오갈 즈음 물었다. 혹시라도 남편조차 내게 독박 가사노동을 기대하는 것은 아닌지 떠볼 의도도 있었다.

"집안일? 시간 되는 사람이 하면 되지."

누가 해도 상관없는 일은 누구의 일도 아니며, 결국 아쉬운 사람이 하게 된다는 사실을 직장 생활을 통해 몸소 배운 나였다. 아쉬운 쪽이 주로 나일 것 같은 불길한 예감에 말 나온 김에 확실하게 정하자고 마음먹었다.

"그러지 말고 우리 역할을 나누자!"

"어떻게?"

"음. 우선 집안일이 뭐가 있나 생각해 보자. 청소, 빨래, 설거지, 분리수거…. 또 뭐가 있지?"

"또 있나? 음…. 요리!"

"그래. 요리를 빼먹었네. 가만히 있어봐. 빨래를 하면 널고 걷고 접는 것도 있지. 안되겠다. 지금 생각하지 못한 집안일이 또 있을지도 모르니까 분류 기준을 정하는 건 어때?"

"분류 기준? 어떻게?"

"이건 어때? 물을 쓰는 일과 쓰지 않는 일."

"오. 좋다. 그럼 자기는 둘 중 뭐 할래?"

"오빠가 먼저 골라봐."

눈동자까지 굴리며 고민하던 남편이 말했다.

"나는 물을 쓰는 일."

"좋아. 그럼 난 물을 쓰지 않는 일."

흔쾌히 받아들이는 내가 의외라는 듯 남편이 반가워하며 말했다.

"그럼 난 설거지랑 빨래 담당이지?"

"응? 두 가지만?"

"물 쓰는 일만 하면 된다며."

"요리도 물을 쓰잖아. 밥도 물을 넣어야 지을 수 있는데?"

"그럼 내가 밥은 할게. 대신 차리는 거랑 치우는 건 자기 몫."

"밥 차릴 때 물 묻은 행주로 식탁 닦아야 하는데? 치울 때도."

"뭐야. 그건 억지야. 알겠어. 거기까지 내가 할게."

"방 청소도 물걸레로 닦아야 하는데? 하다못해 물티슈로라도. 그뿐이야? 화장실 청소도 물이랑 관련돼 있고. 음식'물' 쓰레기도 오빠 몫이네? 그럼 난 뭐 하지? 헤헤."

남편의 표정이 일그러졌다. 받아들일 수도 받아칠 수도 없어 난감한 표정.

가사분담에 대한 대화가 오가는 사이, 나와 동등한 무게로 진지하게 고민하는 남편의 모습에 불안과 부담은 가라앉았다. 불평등한 가사분담 분류 기준은 웃어넘기고 우리는 서로를 믿고 자율적으로, 그리고 자발적으로 가사를 나누기로 했다.

"근데 오빠, 오빠는 집안일 중에서도 정말로 싫은 건 없어? 그건 내가 전담할게."

"없는데? 다 괜찮아."

"에이~ 잘 생각해 봐. 하나만."

"진짜 괜찮아. 혼자 살 때 다 했던 건데 뭐."

"그래도 하나쯤은 있지 않아?"

"자기가 있구나? 뭔데? 말해봐."

"아니…. 별건 아니구. ……음식물쓰레기."

"아~ 그건 내가 전담할게."

"하나 더 있는데, 마저 말해도 돼?"

남편의 눈치를 살피며 물었다. 남편의 표정에서 괜히 물었다는 후회가 얼핏 비쳤다.

"화장실 청소!"

"……."

"대신! 내가 방 청소는 전담할게. 대충 말고 꼼꼼히!"

남편의 눈동자가 다시 바쁘게 구른다. 잠시 후 계산을 마친 남편이 내 제안을 받아들였다. 그렇게 우리 집 가사분담 협상은 민주적으로 평화롭게 체결되었다.

결혼 후 1년, 아직 집안일로 스트레스를 받은 적은 없다. 일찍 일어나는 사람이 아침을 준비하고 아침을 준비하지 않은 사람이 설거지를 맡는 것이 불문율이 되었다. 아침을 준비한 사람은 저녁에 먼저 귀가해도 설거지를 하지 않는다. 어쩌다 아침을 준비한 사람이 설거지 서비스까지 제공하면 상대방은 굉장히 고마워한다. 마치 빚을 진

것처럼 빨래든 방 청소든 하려고 나선다.

빨래는 흰옷과 색깔 옷으로 구분하여 세탁기에 넣는다. 흰옷이 많은 나는 주로 흰옷을 빨고 검정 옷이 많은 남편은 주로 색깔 옷을 빤다. 둘 다 옷이 많지 않아 입을 옷 먼저 떨어진 사람이 세탁기를 돌리기 때문에 불협화음이 발생할 일도 없다.

서로가 전담하기로 한 역할에서도 불만이 생길 여지는 없다. 남편은 음식물 쓰레기와 욕실 청소를 전담하고 있는데 점심과 저녁은 주로 밖에서 먹다 보니 음식물을 내다 버리는 빈도가 일주일에 한 번 꼴이고 욕실 청소는 몇 달에 한 번씩 손님이 오실 때나 하는 수준이므로 크게 부담이 없을 것이다. 나 역시 방 청소를 전담하고 있지만 집이 작아 금방 끝나는 것은 물론 청소를 하는 대가로 음식물 쓰레기를 버리지 않아도 되니 좋다.

결혼 전에는 빨래도 청소도 설거지도 혼자 하다가 결혼 후 남편과 나눠 하니 오히려 편해졌다. 게다가 서로의 눈치를 살피느라 미루지 않고 빨리빨리 해치우고 있어서 집은 오히려 더 깨끗하고 빨래도 미혼일 때보다 빠른 주기로 세탁기에 들어간다.

결혼은 두 사람이 각자 짊어지던 짐을 나누어지는 것이다. 요즘은 결혼이 젊은 청춘들에게 부담스러운 일로 받아들여지고 있는 것 같아 씁쓸하다. 남자들은 가족을 부양해야 한다는 부담, 여자들은 집안일이나 시댁과의 관계에 대한 부담.

결혼 전에도 각자 스스로를 부양하고 있었고 집안일을 알아서 해결할 수 있었던 우리다. 없던 부모님이 갑자기 생긴 것도 아니다. 그럼에도 어쩔 수 없이 부담이 생기는 이유는 결혼 전에는 대충 넘어가던 일들도 결혼 후에는 제대로 해내기를 기대하는 시선들과 그로 인해 쏟아지는 강박 때문인 것 같다.

결혼 후 방 청소 하나는 제대로 해야 할 것 같아 걸레를 빨고 닦고 다시 빠는 과정을 시도했다가 번거로워서 물티슈로 돌아온 내 경험 역시 집안일을 프로답게 해야 한다는 강박을 스스로 만들어내고 다시 그것으로부터 해방되는 과정이었다.

부담에서 해방되면 서로가 편해진다. 기대수준을 딱 결혼 전으로만 낮추어도 훨씬 편해진다.

어느 날, 남편보다 두 시간 늦게 퇴근을 했는데 집에서 빤질빤질 윤이 나고 있었다. 실내 공기도 아주 맑고, 향기까지 나는 듯했다. 침대 시트는 깔끔하게 정리되어 있었고 설거지통과 빨래통도 비워져 있었다. 몇 주째 방치되어 현관 입구를 집어삼키고 있던 분리수거용 쓰레기들도 말끔히 사라져 있었다.

"오빠! 이 많은 걸 누가 다 한 거야?"

알면서도 미안한 마음에 물었더니 남편이 말한다.

"그냥 심심해서 했어. 깨끗한 집에 들어오면 자기 기분이 좋지 않을까 해서."

내가 없는 사이 혼자서 청소를 해준 것도 고맙지만 그보다 내 기분을 생각해준 마음이 더 고마웠다. 남편도 깨끗한 집에 들어올 때 기분이 좋아지겠구나, 생각했다.

혹 내게 집안일이 집중되는 시기가 오더라도 불평하지 않기로 다짐해 본다. 내 기분을 생각해주는 남편이 소홀하다면 그럴 만한 사정이 있을 테니까.

집안일뿐 아니라 서로의 사정과 기분까지도 '분담'하는 진짜 부부가 되어간다.

요리의 공식

요리는 젬병이었다. 미역국을 좋아한다는 남편을 위해 마트에서 미역을 사온 날, 한 움큼 덜어 냄비에 넣으려는데 불안한 듯 주변을 맴돌던 남편이 나섰다.

"그걸 다 넣게?"

"응! 내일 아침까지 먹을 거니까."

"10인분도 넘을 텐데?"

보다 못한 남편이 미역을 덜어냈다. 절반이 넘는 마른 미역이 다시 봉투로 들어갔다. 남편은 커다란 그릇에 미역을 넣고 푹 잠길 만큼 물을 부었다. 남편이 좋아하는 요리를 해주겠다고 나섰던 나는 뒤로 물러나 미역이 든 봉투를 수납장 한구석으로 밀어 넣는 것밖에 할 수 없었다. 잠시 후 그릇 가득 불어난 미역은 마치 어릴 적 설탕가루가 변신해서 만들어진 솜사탕만큼이나 신기했다.

이후 감자는 볶기 전에 물에 담가두어야 한다는 것도, 고깃국을 끓일 때는 고기를 먼저 볶아야 한다는 것도 남편에게 배웠다. 이렇듯 나보다 요리 경험과 지식이 풍부한 남편을 만났지만 그럼에도 나는 요리를 포기하지 않았다. 결혼 전에는 냉장고에서 물을 꺼낼 때나 들르던 주방에서 보내는 시간이 많아졌다.

사실 요리를 해야 하는 데는 끼니 해결보다 더 큰 이유가 있었다. 그것은 부모님 댁에서 얻어온 식재료들이었다. 괜찮다고 손사래를 쳐도 주섬주섬 챙겨주시는 부모님의 마음을 외면할 수 없어서 받아온 식재료들이 냉장고 문을 열 때마다 빨리 먹어달라고 다그쳤다.

무, 배추, 고추, 감자, 돼지고기, 새우, 멸치, 콩……

신선한 상태로 데려온 녀석들은 냉장고와 냉동실에 몇 주만 방치해 두어도 자기네들끼리 뒤엉켜 뭐가 뭔지 알아보기도 어려운 지경에 이르고 말았다. 냉장고가 채워지는 속도를 따라가려면 부지런히 꺼내 먹는 수밖에 없었다.

깊숙이 밀려들어가 있던 재료를 꺼내 들고 가장 먼저 하는 일은 인터넷 검색이다. '배추 요리'라고 검색하면 쏟아지는 무수한 레시피 가운데 난이도가 낮은 것부터 도전한다. 다른 식재료도 함께 소비할 수 있다면 금상첨화다. 배추를 먹다가 질리면 다음에는 무를, 그 다음은 새우를, 그 다음은 감자를 차례로 소비한다.

가끔 부모님들은 우리 집 냉장고 사이즈를 간과하시고 초대형 택배를 보내주신다. 그중 가장 기억에 남는 것은 '가지' 상자다. 팔뚝보다 길고 굵은 가지가 주렁주렁 배달되어 온 날, 제일 먼저 가지 보관법을 검색해 냉장고의 빈 공간마다 빼곡히 넣어두고는 매일 두 개씩 먹기 미션을 시작했다.

가지볶음, 가지찜, 가지덮밥, 가지구이, 가지탕수육…. 가지요리가 이렇게나 많은지 몰랐다. 그야말로 가지의 재발견이었다. 보관기간 이 길지 않은 탓에 며칠 동안 질리도록 가지 요리만 먹다가 마침내 마지막 하나의 가지를 해치웠을 때의 기쁨이란. 학창시절 몇 주간 시 달리던 기말고사로부터 해방된 기쁨과 견줄 정도였다.

요리에 발을 들이고부터 관심 없던 재료들을 눈여겨보게 되었다. 밥상 위 수많은 음식들 중 하나에 불과했던 재료들이 나에게 질문 을 던지기 시작한 것이다. 어떻게 변신시켜 줄 거냐고. 새로운 세 상이 열린 거다. 너는 뭐가 되고 싶니 되물으며 설레는 마음이 들기 도 한다.

요리의 공식은 '재료 + 양념 + 조리법'이다.

달게 먹고 싶으면 설탕을 많이 넣으면 되고 싱거운 게 싫으면 소금 이나 간장을 더 넣으면 된다. 달고도 짠맛을 원하면 설탕과 간장을 넣으면 된다. 내가 좋아하는 떡볶이가 설탕, 고추장, 간장 양념으로 만들어진다는 사실을 깨달았을 때는 얼마나 기쁘던지.

모양을 내는 일도 생각만큼 어렵지 않다. 붉은색을 내려면 고춧가 루를, 먹음직스럽게 보이려면 깨를 뿌리면 된다. 간 맞추기도 간단 하다. 마지막까지 간을 보면 그만이다. 싱거우면 양념을, 짜면 재료 나 물을 더 넣으면 된다.

삶에 필요한 다른 기술들처럼 요리도 직접 해 보니 별거 없었다. 엄마가 한 번도 만들어준 적 없었던 요리에 도전하여 성공한 날, 으스 대며 엄마에게 전화를 걸었다.

"거 봐, 엄마. 남들이 하는 건 나도 할 수 있다고 했었지? 미리 연습 했으면 어쩔 뻔했어."

"어쩌긴. 더 잘했겠지. 얘가 싱겁긴."

별일로 다 전화라며 무덤덤하게 대구하는 엄마의 말투에서 '잘 먹 고 사니 다행이다'라는 안도감이 느껴졌다.

물론 요리를 할 수 있는 것과 '잘' 하는 것은 다른 얘기다. 여전히 버섯전골이 버섯볶음이 되기도 하고 김치전이 스크램블에그처럼 낱 낱이 분해된 모습으로 완성되기도 한다. 그래서인지 남편은 아직도 집에서 해 먹는 것보다 밖에서 사 먹는 걸 더 좋아한다. 굳이 집에서 먹자고 고집을 부리면 본인이 직접 만들겠다고 나선다. 남편이 나를 밀어내면서까지 주방을 차지하고자 애쓰는 이유가 내 요리 실력 때 문은 아니기를.

요리의 공식이 '재료 + 양념 + 요리법'이라면 신혼의 공식은 '남편 + 아내 + 사랑'이 아닐까. 몸과 마음이 건강한 우리 두 사람과 서로 를 향한 사랑이 있다면 살면서 만나는 어떤 문제도 해결할 수 있을 것 같다. 요리처럼 막연해 보이던 일도 막상 닥치면 별거 아닌 경우 가 대부분이니까.

이상한 나라의 며느리

MBC에서 '이상한 나라의 며느리'라는 교양 프로그램을 만들었다. 며느리에게 일방적인 희생을 요구하는 불합리한 관행을 꼬집어내는 프로그램이다. 방송에 등장하는 며느리는 총 세 명인데, 정도의 차이는 있지만 하나같이 며느리 신분인 시청자들의 공감을 자아내고 있다.

만삭의 며느리에게 쉴 틈 없이 제사 준비를 시키는 시어머니, 남편 대신 조부모님 제사 때마다 큰 조기를 챙길 것을 요구하는 시아버지, 분유와 모유를 섞어 먹인다는 며느리에게 모유만으로는 안 되겠냐고 은근히 바라는 시아버지의 모습은 불합리한 관행의 극단을 보여주는 것 같지만, 해당 프로그램의 시청자 게시판이나 관련 뉴스기사에 달린 댓글을 보면 생각보다 많은 며느리들이 이보다 더 심한 고부갈등을 털어놓고 있다.

나란히 앉아서 밥을 먹다가 텔레비전을 틀었는데 마침 '이상한 나라의 며느리'가 방영 중이었다. 텔레비전을 보면서도 쉴 새 없이 잡담을 즐기는 우리인데, 어쩐지 침묵이 흘렀다. 둘 다 시선은 정면을 향한 채 가만히 밥만 떠먹었다. 그러다 출연자 중 한 명인 '마리'가 시어머니와 함께 네일 서비스를 받는 모습을 보고 "어머님도 저런 거 받으셔?"라고 물음으로써 겨우 침묵이 깨졌다.

결혼 후 처음 시댁에 가던 날이 떠오른다. 그때까지도 시부모님과 별로 대화를 나누어본 적이 없었는데 어쩐지 시댁에 간다는 것 자체로 마음이 무거웠다. 영천으로 향하는 차 안에서 내 머릿속은 시댁에서 겪을지도 모르는 무수한 일들에 대한 상상으로 가득했다. '사랑과 전쟁', '미즈넷'을 통한 간접 경험이 너무 많이 쌓였는지 상상은 매우 구체적이었다.

"어머님이 나 칼질 못한다고 혼내시면 어떡해?"

결국 내 상상은 입 밖으로 나와 버렸고, 남편은 조금 언짢아했다.

"우리 엄마 안 그래. 너한테 칼질 같은 거 시키지도 않으실 거고."

그때는 남편의 말투가 마치 어머님을 편 드는 것처럼 들려서 얼마나 서운했는지 모른다. 결국 대화는 다툼으로 번져 시댁에 도착할 무렵에는 둘 다 얼굴이 붉어져 있었다. 시댁 주차장에서 남편이 물었다. "돌아갈까?" 그럴 수 없다는 걸 알면서 묻는 남편이 야속했다. 마음은 당장이라도 차를 돌리자고 말하고 싶었지만 정작 두 팔은 붉어진 얼굴을 가라앉히기 위해 부채질을 하고 있었다.

그 다음날, 시댁에서 맞이한 첫 아침은 정말 기억에서 지우고 싶다. 그날을 추억하면 아직도 민망하다. 언니(시누이를 '언니'라고 부른다)가 양보해준 침대에 누워 생각보다 편하게 잠들었던 나는 노크

소리에 잠에서 깼었다. 그리고 눈을 떴을 때 문틈으로 빼꼼 고개를 내미신 어머님과 눈이 마주치고 말았다. 화들짝 놀라 일어나는데 어머님이 말씀하셨다.

"아침 먹자."

시계는 11시를 가리키고 있었다. 눈을 비비고 다시 보아도 여전히 11시였다. 남편을 깨워 앞세우고 나왔다. 너무 민망해서 혼자 걸어 나올 자신이 없었다. 시댁에서 겪을까 봐 두려워했던 무수히 많은 일들 중에 이보다 끔찍한 상황은 없었다. 지금까지도 감사한 일은 아버님이 아무 일 없다는 듯 태연하게 식탁에 앉아주신 것이다. 이후 시댁 방문 횟수가 늘면서 알게 된 두 분의 기상시간을 통해 추측하건대, 아마 우리가 일어나기를 기다리시다가 도저히 안 되겠다 싶어 문을 두드리셨을 것이다. 1년도 더 지난 일이지만, 여전히 그날을 떠올리면 민망함을 감출 수가 없다.

한바탕 늦잠 이후로 이제는 8~9시에만 일어나도 어머님은 "왜 이렇게 일찍 일어났느냐."고 물으신다. 애초에 주방을 내게 맡길 생각도 없으셨던 어머님은 냉장고에서 반찬이라도 꺼낼라치면 손사래를 치신다. 친척들이 모이는 자리에서는 내가 난처할까 봐 항상 신경 써주시고, 지저분하고 힘든 일이 내 몫이 되지 않도록 먼저 나서주신다. 일찍부터 겁을 먹고 시댁을 두려워한 것이 늘 죄송하다.

물론 어머님이 아무리 아껴주셔도 뱃속에서부터 함께였던 친정어머니와는 공감의 정도나 친밀도가 다를 수밖에 없다. 그래서인지 앉아서 쉬라고 말씀하셔도 어머님이 서 계시면 쉽사리 앉을 수가 없다. 친정집에서는 보고 싶은 채널을 마음껏 돌려보는데 시댁에서는 어쩐지 채널을 바꾸기도 쉽지 않다. 이렇듯 시댁을 어려워하는 마음을 한국의 며느리 대부분이 가지고 있기에 '이상한 나라의 며느리'와 같은 프로그램도 인기를 끄나 보다.

하지만 며느리를 피해자로 몰아 결혼의 부정적인 면만을 강조하는 모습에 불편한 마음이 들기도 한다. 옆에서 보는 남편에게도 미안하다. 저마다 고충이 있는데 며느리의 시선으로 바라보니 시댁 어른들도 남편도 모두 가해자처럼 묘사되어 버리기 때문이다.

옆 부서 팀장님도 2세 소식을 묻는 마당에 부모님이 손주 소식을 궁금해하는 것이 문제일까. 듣는 입장에서야 부담이 되지만 부모님 입장에서는 당연히 궁금하다. 학창시절 부모님이 '공부해라. 공부해라' 하신다고 모두가 열심히 공부를 한 것이 아니듯 부모님이 아이를 간절히 바라시더라도 결국 낳을지 말지를 결정하는 것은 부부의 몫이니 의연하게 대처하면 될 일이다. 물론 말처럼 쉽지는 않다. 시부모님 앞에서 바른 말로 대꾸하기에는 이 땅의 며느리들이 너무 착하기 때문이다.

집안일도 마찬가지다. 길에서 만난 어른들이라도 무거운 짐을 옮기고 있으면 도울 수 있는데, 하물며 가족인 시부모님의 일을 거드는 것이 어려운 일일까. 궂은일은 젊고 건강한 우리가 하는 게 당연하다고 생각하면 한결 마음이 편해진다. 시댁에서는 내가 조금 더,

친정에서는 남편이 조금 더 솔선수범하면 부모님들도 좋아하시고 우리 마음도 편하다.

사실 결혼 전에는 집에 가도 손가락 하나 까딱 않고 엄마가 해주는 밥을 편하게 먹기만 했었다. 내가 불합리한 관행의 수혜자일 때는 문제의식조차 없었다. 이처럼 며느리들이 불합리하다고 여기는 상당수의 문제는 어쩌면 부모님들이 인식조차 하지 못하시는 것일 수 있다. 그러니 너무 날을 세우지는 않았으면 좋겠다.

덧붙여 요즘 늘고 있는 비혼 선언에 대해, 혼자 사는 삶이 더 행복하리라는 고민에서 비롯된 결정이라면 지지하지만 고부갈등을 이유로 한 비혼이라면 한 번 더 생각해보라고 말하고 싶다. 달콤하고 시원한 수박을 단지 씨를 발라내기가 귀찮아서 포기하면 아깝지 않을까. 다채로운 경험의 집합체인 결혼을 단지 방송에서 보여주는 단편적인 모습이나 지인들의 고충 상담만으로 섣불리 판단하지 않기를. 원래 부정적인 이야기는 좋은 이야기보다 크게 들리는 법이다.

공금의 함정

우리 집에는 '공금'이 없다. '공금'은 공동의 소유다. 바꿔 말하면 어느 누구의 소유도 아니다. 때문에 과소비를 유도할 수 있다는 점이 '공금'을 만들지 않게 된 이유다. 실제로 개인의 돈으로는 가기 어려운 비싼 레스토랑에 모임 회비로는 비교적 쉽게 간다. 나는 이것이 '공금의 함정'이라고 생각한다.

월급을 받으면 얼마씩을 덜어 아파트 중도금을 낸다. 그리고 며칠에 걸쳐 보험료와 관리비, 통신비가 자동으로 빠져나가면 통장에는 용돈만 남는다. 공금이 없는 우리에게 용돈은 생활비이기도 하다. 집에 샴푸나 세제, 화장지와 같은 생활용품이 떨어지면 둘 중 한 사람의 용돈으로 사야 한다.

생활비 중 지출 비중이 가장 큰 품목은 단연 '식비'다. 금요일 퇴근길에는 종종 마트에 들러 토요일 아침을 위한 식재료를 구입하는데, 장 보는 비용은 주로 남편의 용돈으로 결제한다. 냉장고에 먹을 것이 많은데도 굳이 마트로 나를 이끄는 쪽이 남편이기 때문이다.

그러다 간혹 내가 계산을 자처하는 날에는 남편이 들뜬다. 내 지갑이 열리는 절호의 기회를 놓치지 않고 평소 마음에 담아두었던 것을 골라 담기 시작한다. 장바구니에 담기는 품목들은 주로 고기, 만두, 아이스크림, 햄과 같은 것들이다. 있으면 좋지만 없어도 그만인 음식들, 만약 우리의 장보기 재원이 공금이었다면 언제나 장바구니를 채웠을지도 모르는 것들이다.

주말 저녁에는 주로 외식을 하거나 배달음식을 먹는다. 외식을 할 때도 둘 중 한 사람의 용돈으로 계산을 하는데, 밥을 먹고 "잘 먹었어."라고 말하거나 듣는 상황이 여전히 연애하는 기분을 들게 해주어 좋다. 물론 "잘 먹었어."라는 말을 들을 때보다 할 때가 훨씬 기쁘다.

공금의 함정, 연애하듯 사는 기분을 평생 누리기 위해서라도 절대 빠지지 말아야겠다.

공금이 없는 우리에게도 공동으로 저축하는 돈은 있다. 아파트 중도금은 제쳐두고, 별도 통장에 매달 모으는 '경조사비'가 그렇다. 경조사비 통장에 모인 돈은 경사나 조사의 부조금, 부모님 생신이나 명절의 용돈으로만 사용할 수 있다.

공금을 따로 두지 않은 이유가 과소비를 막기 위해서라면, 경조사비 통장을 따로 둔 이유는 경조사비를 아끼지 말자는 의도다. 경조사비로 매달 모으는 금액은 각자의 용돈보다 더 많다. 그래도 가끔은 부족할 때가 있어 용돈에서 각출하여 보태기도 한다. 경조사비 통장은 함정에 빠지는 한이 있더라도 항상 풍족하게 채워두어야 마음이 편하다.

용돈은 각각 50만 원씩이다.

공금이 없는 대신 용돈 사용의 제한도 없다. 어떤 용도로 얼마를 쓰든 서로 관여하지 않는다. 결혼 전 공개하지 않은 비상금이 있을 수 있고, 출장비, 야근수당 등 월급 이외의 부수적인 수입이 있는 때도 있지만 공식적인 수입은 용돈으로 한정한다.

가끔 미용실에서 머리를 하거나 친구들과 여행이라도 다녀온 달이면 용돈이 월급날 이전에 바닥을 드러내기도 한다. 그러면 넌지시 남편에게 기댄다.

"오빠, 나 돈이 다 떨어졌어."

"벌써 다 쓴 거야? 월급 나오려면 일주일도 더 남았는데?"

남편이 이렇듯 놀라면 적어도 남편의 통장에는 월급날까지 쓸 용돈이 남아있다는 생각에 내심 안심이 된다.

"쓸 데가 얼마나 많은데. 여자는 속옷도 남자보다 더 필요하고 화장품 가짓수도 많다고."

"그럼 다음 달부터 난 30만 원만 쓸 테니 자기가 70만 원 써."

"싫어. 50만 원 쓰고 모자라면 말할게."

남편은 매번 이해가 안 된다는 표정이다. 하지만 나는 여전히 한 달에 50만 원의 용돈을 쓰고 모자라면 남편에게 기생하는 생활을 고집하고 있다.

　물질에 욕심이 많은 편은 아니지만, '돈'에 대한 관심은 많다. 그래서 미래의 현금흐름을 종종 따져보기도 한다. 우리가 앞으로도 계속 일을 하고 우리 월급이 늘어난다고 가정하면, 앞으로는 지금보다 형편이 좋아지리라는 계산이 나온다. 그런 계산을 하다 보면 정말로 돈이 생긴 것도 아닌데 당장 부자가 된 것 같은 기분이 든다. 이런 이야기를 하면 남편은 찬물을 끼얹는다. 앞으로 무슨 일이 생길지 모른다고.

　살아보면 알게 될 일이다. 남편의 걱정대로 무슨 일이 생길지도 모른다. 우리 두 사람이 다니는 회사가 망하거나, 그런 일은 부디 없기를 바라지만 우리 중 누군가가 아프거나, 부모님들께 재정적인 지원을 해드려야 할 일이 생길지도 모른다.

　하지만 바라건대 '돈'이 감당 못할 만큼 많아지더라도, 혹은 근근이 살아가야 할 만큼 적더라도 그것이 우리의 행복지수에 영향을 주지는 않았으면 좋겠다. '돈'의 많고 적음으로 우리의 행복지수가 오르락내리락한다면 그건 '공금의 함정'보다 무서운 '돈의 함정'일 테니까.

가뿐하고 소박하게

텔레비전 광고를 뚫어지게 보던 남편이 말했다.

"자기야, 우리도 다이슨청소기 사면 안 돼?"

다이슨청소기라면 다이슨드라이기와 함께 가전시장의 새로운 지평을 열어주고 있다는 기사를 본 적이 있다. 친구에게서 가격이 비싸 구입을 망설이고 있다는 이야기를 들은 것도 같다.

"우리 집에 청소기가 필요해?"

"필요하지. 매번 허리 숙여서 청소하기 힘들잖아."

음식물 쓰레기 처리와 욕실 청소를 맡는 대신 방 청소는 면제된 남편이 청소를 걱정해주는 것은 고마운 일이지만, 12평짜리 집을 청소하기 위해 50만 원이 넘는 청소기를 산다는 것은 어불성설이라고 생각했다. 게다가 우리 집에는 청소기를 둘 만한 공간도 없다.

"걱정 마. 운동할 겸 하면 돼."

"……."

"이사 가면 사자. 어때?"

"그때도 자기는 안 살 것 같아."

"살 거야. 더 좋은 걸로 사자!"

남편의 얼굴에 간신히 다시 화색이 돌기 시작한다. 남편의 장바구니에 명품시계나 자동차가 아니라 청소기가 들어있어서 얼마나 다행인지 모른다.

나는 어려서부터 소유욕이 적은 편이었다. 부모님으로부터 물려받은 성향이다. 내가 초등학생일 때부터 두 분은 맞벌이를 해오셨지만, 최저임금에 가까웠던 두 분의 수입으로는 가지고 싶은 것 먹고 싶은 것을 마음껏 누리는 삶이 역부족이었을 것이다. 게다가 욕심 많은 우리 엄마는 두 딸을 좋은 대학에 보내겠다고 꾸준히 저축을 하셨다. 그래서 내 기억 속의 부모님은 언제나 수수한 모습이시다. 꼭 필요하지 않은 것에 지출하시는 모습을 본 적이 없다.

다 쓴 치약도 손톱이 아릴만큼 꾹꾹 누르고, 구멍 난 양말을 꿰매서 신으면서도 단 한 번 불편하다고 여긴 적은 없었다. 어려서부터 보아온 모습이 그랬기 때문에 당연했다. 일 회분의 치약을 남겨둔 채 그대로 쓰레기통에 버리면 남은 치약은 영영 쓰이지 못하고 쓰레기가 되어버리는 것, 구멍 하나 났다는 이유로 멀쩡한 양말이 버려지는 것이 오히려 이상했다. 지구상에는 어느 것 하나 저절로 생기는 것도, 저절로 사라지는 것도 없다는 사실을 부모님 덕분에 깨달았다.

그때는 몰랐지만 돌이켜보면 옷이나 신발의 종류도 많지 않았다. 사진 속에 자주 등장하는 옷과 신발이 있다. 어쩌면 내가 그 아이템

들을 유독 좋아해서일지도 모르지만. 하지만 종류가 많지는 않더라도 옷들은 언제나 깨끗했고 내 성장과 학업을 위해 필요한 것들은 충분히 공급받았던 것으로 나는 어린 시절을 기억하고 있다.

고등학교 이후로 성장이 멈추면서 그때 입었던 옷들 중 몇 가지는 지금까지도 내 옷장에 들어있다. 고1때부터 줄기차게 입던 청남방과 엄마가 큰맘 먹고 사주신 검정색 코트, 단짝친구와 커플로 산 갈색 패딩이 바로 그것들이다. 이들이 10년 넘게 내 옷장을 차지한 이유는 추억들 때문이겠지만, 한편으로는 굳이 새 옷으로 대체할 필요를 느끼지 못해서이기도 하다.

부모님의 젊은 시절보다 지금의 내 형편은 더 여유로워졌음에도 불구하고 여전히 새 옷, 새 신발, 새 물건을 갖고 싶다는 마음이 들지는 않았다. 오히려 불필요한 소비로 유통기한을 넘긴 제품을 발견하는 날에는 죄책감이 들었고, 유행 없이 주야장천 신던 신발이 비로소 그 쓰임을 다하는 순간에는 나의 소유물들이 만수까지 누리도록 일조했다는 묘한 만족감이 들었다.

결혼으로 '소비'도 변했다.

첫째로 옷이나 화장품 따위에 한정되던 소비의 범주가 가전, 주방용품, 식재료로 확장되었다.

둘째로 소비의 종류뿐 아니라 양도 덩달아 늘었다. 치약 하나도 2배속으로 소비되었다.

끝으로 남편은 쇼핑을 좋아하는 사람이었다. 집 앞 마트를 두고도 굳이 대형마트를 찾아가는.

서른이 넘은 남편에게 소비에 대한 내 가치관을 일방적으로 강요할 수는 없었지만 무작정 남편의 가치관을 따라갈 수도 없었다. 내 부모님의 소비 습관이 지금의 나에게 영향을 미쳤듯, 남편의 소비 습관 역시 미래의 내게 영향을 미치게 될 터였다. 게다가 늘어나는 소비의 양만큼 비례해서 늘어나는 것이 쓰레기다. 하루치의 차이에 일주일을 곱하고 열두 달을 곱하고 또 수십 년의 우리가 함께 살아갈 시간을 곱하면 가벼이 넘길 수 없는 차이가 된다.

다행히 남편도 소유욕이 큰 사람은 아닌 것 같다. 자신의 소유물을 다 파악하지도 못할 만큼 물건에 대한 애착도 적다. 덕분에 남편의 옷장 아래에서 새 옷 같은 헌 옷이 나올 때도 종종 있다.

내 짐이 고시원 사이즈라면 남편의 짐은 독서실 사이즈다. 결혼 전 사계절 같은 청바지를 입기에 아주 좋아하나 보다 생각했는데 알고 보니 가지고 있는 청바지가 달랑 두 개였다.

간혹 다이슨청소기를 마주할 때처럼 가구나 전자기기 쪽에서 남편의 두 발이 멈출 때가 있지만, '우리 집에 들어갈 자리가 있을까?'라고 물어보면 곧 다시 끄덕끄덕하며 발길을 옮기는 남편이다.

게다가 남편은 좋은 물건을 눈에 담는 것으로도 충분히 즐거움을 느낀다. 마트에 반드시 물건을 사기 위해서가 아니라 멋진 경치를 찾아가듯 신상품을 구경하는 재미로도 갈 수 있다는 사실을 남편 덕분에 깨달았다.

미니멀라이프 열풍으로 많은 사람들이 이미 알고 있겠지만, 소비를 줄여서 얻는 장점은 생각보다 많다. 불필요한 물건들에 시간과 공간을 할애하지 않아 여유가 생기고, 가지고 있는 물건들의 가동률은 더 높아진다. 예컨대 불필요한 식료품 쇼핑을 줄이면 냉장고의 음식물을 버리는 빈도도 함께 줄어든다.

소비가 줄어드니 저축이 늘어나는 것은 덤이다. 그런데 덤으로 얻는 저축 효과가 생각보다 크다. 근소한 차이를 가진 립스틱을 다섯 개에서 세 개로만 줄여도 자그마치 5만 원 이상이 절약된다. 다섯 개의 립스틱이 사용기한 내에 모두 사용될 가능성이 거의 없다는 점을 감안하면 두 개쯤은 애초에 필요가 없었던 소비였는지도 모른다.

우리의 형편은 나날이 좋아지기를 바라지만, 그렇더라도 우리의 장바구니는 가뿐함을 유지할 것을 다짐해 본다. 방을, 옷장을, 서랍을 좋은 것들로 채우기보다 우리의 시간과 마음을 좋은 것들로 채우며, 눈에 보이는 물건보다 눈에 보이지 않는 가치를 좇으며, 새로운 쇼핑 아이템을 검색할 시간에 우리 삶을 풍성하게 해줄 여행 장소와 둘만의 화제들을 찾으며,

그렇게 살고 싶다.

3. 연애보다 두근두근

신혼의 밤

　금요일 밤 11시, 방문을 열면 깜깜한 방을 한쪽 벽에 세워진 노트북이 환히 밝히고, 침대 위에는 노트북에서 새어 나오는 소리에 귀를 쫑긋 세운 채 비스듬히 누운 남편이 있다. 슬그머니 옆으로 다가가 팔을 끌어당겨 누웠다. 그가 보고 있는 예능방송에 덩달아 몰입하다 문득 즐거운 기분이 들었다.

　"오빠, 나 지금 기분이 어떤지 알아?"

　"어떤데?"

　"오빠 자취방에 놀러 온 기분이야."

　정말 그랬다. 아직 총각인 남편이 혼자 자취하는 방에 놀러 가서 하룻밤 자는 기분이었다. 말하자면 엄마 몰래 하는 외박처럼 설레면서도 신이 났다.

　직장 생활을 하다 보니 단둘이 보내는 시간이 생각보다 많지 않다. 그래서 밤은 우리가 단둘이 함께 하는 거의 유일한 시간이다. 불을 끄고 누우면 누가 먼저랄 것도 없이 질문을 던진다.

"오늘 재미있는 일 있었어?"

그러면서 지나간 하루를 되감아 최고로 재미있었던 일을 끄집어 낸다.

"응! 오늘 엄청 웃긴 일 있었어."

"무슨 일?"

막상 꺼내놓고 보면 '엄청'이라는 수식어를 붙일 만큼 웃긴 일은 아 닌 경우가 대부분이지만, 이야기를 하다 보면 함께하지 못했던 서로 의 하루가 생생하게 눈앞에 펼쳐지면서 그 자체로 즐겁다. 때로는 재 미있었던 일 대신 속상했던 일, 짜증났던 일, 서운했던 일을 털어놓 으며 일방의 적을 공공의 적으로 만들기도 하고 그러는 사이 마음속 에 쌓여있던 화가 가라앉아 편안히 잠들 수 있다.

결혼 초에는 이야기가 너무 재미있어서 새벽까지 잠을 이루지 못한 적이 많았다. 연애 시절에도 많은 대화를 나누었지만, 헤어져서 살아 온 시간이 무려 30년이라 못다 한 이야기는 언제나 있다.

"오빠는 어떤 어린이였어?"

"오빠도 사춘기 겪었어?"

"군대에 있을 때 편지 많이 받았어?"

이런저런 질문을 던지며 남편의 인생에서 지나간 페이지를 들춰보 는 재미도 쏠쏠하다. 마치 남편의 지난 인생에 참여해 그 시절의 남 편과 수학여행이나 엠티 같은 곳에서 만나 이불을 뒤집어쓰고 속닥 거리며 이야기를 나누는 것 같다.

이야기를 나누다 스르륵 잠이 든다. 주로 먼저 잠드는 쪽은 남편이다. 잠자리에서 특히 생각이 많은 나는 남편이 잠든 후에도 한참을 뒤척이다가 남편을 쿡 찔러보고 반응이 없으면 그제야 잠을 청한다. 어쩔 때는 쿡 찔러보지 않고도 남편이 잠들었음을 알 수 있다. 남편의 코 고는 소리 때문이다. 피곤한 날이면 남편은 코를 곤다. 심할 때는 자동차가 시동을 걸 때처럼 큰 소리가 난다.

드르륵드르륵. 미닫이문을 열고 닫는 소리와도 비슷하다.

반면 나는 이를 간다. 친정에 가면 엄마가 내 이 가는 소리에 잠을 설치실 정도다. 다행인지 불행인지 남편은 잠귀가 어두워 내 이 가는 소리를 잘 못 듣는다.

우리의 밤 풍경을 누군가 지켜본다면 어떤 모습일까. 깊은 밤, 남편과 아내의 끝없이 이어질 것 같던 대화가 마침내 사그라지고 방언처럼 피어오르는 남편의 코 고는 소리, 그리고 아내의 이 가는 소리.

드르륵드르륵

끼이이이익

드르륵 끼익 드르륵 끼익

우리가 모르는 사이에 우리가 만들어내는 소리들도 의외로 괜찮은 장단을 맞추고 있을지 모르겠다.

결혼을 앞두고 핑크빛 로망으로 들떠있던 내게 선배들이 '결혼은 현실'이라는 조언을 해주었다. 연애 때보다 신경 쓸 일도 많고, 먹고 살 걱정도 해야 하고, 무엇보다 변해가는 (혹은 본래의 모습으로 돌아가는)남편을 마주하게 될 거라고 말이다.

하지만 아직 내 핑크빛 로망은 검게 물들지 않았다. 현실 남자와 현실 여자가 만났으니 당연히 결혼 후의 삶도 현실이겠고, 그 현실을 바라보는 시선이 두 사람의 행복을 결정한다고 믿는다. 신경 쓸 일이 많아도 즐거운 일보다는 적고, 먹고 살 걱정이야 결혼 전부터 해오던 것이라 특별하지도 않다. 남편이 미래에 어떻게 변할지 장담할 수 없지만, 일단 믿어보기로 한다. 결혼은 현실이 맞다. 남자친구의 자취방에 놀러 가는 것처럼 즐겁고 설레는 신혼을 꿈꾸던 로망이 현실이 된다.

밤이 되면 왜 모든 사람들이 잠을 자는지, 하루의 끝은 어째서 잠으로 마무리되는지 신기하다고 여긴 적이 있다. 지금 와서 보니 사랑하는 사람과 같이 잠들기 위해서 만들어진 규칙인가 보다. 모든 사람이 같은 시간에 잠들면, 누구를 만나 사랑에 빠져도 같이 잠들 수 있으니까.

베개 욕심 많은 남편이 찢어진 베개도 버리기를 싫어해서 무려 일곱 개의 베개가 굴러다니는 침대 위에서, 몇 달째 세탁하지 않은 이불을 둘둘 말고 있을지언정, 신혼의 밤은 즐겁다.

비로소 완성

며칠간 출장을 다녀온 날, 남편이 집 앞에서 기다리고 있다.

"왜 나와 있어. 비도 오는데."
"빨리 보고 싶어서."

팔짱을 끼고 집으로 가는 길, 남편의 따뜻한 마음이 체온만큼이나 또렷하게 느껴진다.
마침내 현관문을 열고 집안으로 들어서며 남편이 말한다.

"자기가 오니까 우리 집이 완성됐어."

그렇구나. 내가 없어서 우리 집이 미완성이었구나.
어쩐지 나도 집 떠난 동안 마음이 허전하더라니.

편지

내 수많은 연애 로망 중 하나는 '교환일기'였다. 학창시절 친구들과 일기장 하나를 돌려가며 쓰던 교환일기. 선생님 욕도 하고 좋아하는 남자애와의 러브스토리도 공유하며 우리만의 우정을 은밀하게 쌓아가던 교환일기를, 남자친구와 꼭 한 번 써보고 싶었다.

남편과 처음 사귀기로 한 날, 서로에게 바라는 점을 하나씩 털어놓기로 했을 때, 나는 당당히 '교환일기'를 외쳤다. 그러면 기꺼이 내 로망 실현에 함께해줄 것 같았다. 그리고 남편은 흔쾌히, "나도 그거 해보고 싶었어요!"라며 동참해주었다.

다가온 주말, 시내에 있는 문방구에 들렀다. 남편이 고른 일기장은 A4용지 크기의 주황색 하드커버 노트였다. 내지에는 1센티미터보다 좁은 간격으로 빽빽한 줄이 그어진 그야말로 학습 노트였다. '저 많은 칸을 무슨 말로 다 채우지' 걱정하면서도 내 입은 "예쁘다."라고 말하고 있었다.

"나중에 품절될 수도 있으니까 미리 두 권 사 둘까요?"

"아… 니요. 품절되면 그때는 다른 노트에 쓰도록 해요."

(연애 초기에는 서로 존댓말을 썼다. 호칭도 'OOO대리님'.)

그렇게 나로부터 시작된 로망은 남편의 의욕을 만나 현실이 되었다.

2016년 3월 13일부터 결혼 직전인 2017년 3월 21일까지 일기장은 우리 둘 사이를 바삐 오갔다. 비밀 연애 중 흔하지 않은 주황색 노트가 그와 나의 책상 위에 시간차를 두고 놓여있는 모습이 후배의 눈에 포착되면서 연애 사실을 들킬 뻔 한 적도 있었다.

하루 일과의 대부분을 함께 하면서도 각자의 머릿속에 품은 다른 생각들, 서로가 하루 동안 보고 들은 소소한 일상들이 일기장을 채웠다. 가끔은 대놓고 말하기 어려운 서운함을 주절주절 풀어놓기도 했다.

만나고, 사랑을 키워가고, 서로의 말에 상처받고, 다시 치유되고, 결혼을 결심하고, 준비하는 모든 과정이 빼곡히 기록된 교환일기장은 지금 우리 집에 있는 어떤 물건보다 더 소중한 보물이다.

결혼 후에는 더 이상 교환일기를 쓰지 않았다. 대신 특별한 날이면 우리는 서로에게 편지를 쓴다. 남편의 편지는 항상 기념일이 지난 후에 내게로 온다. 마치 크리스마스가 며칠 지난 후 집배원 아저씨에게 전해 받던 카드처럼, 남편의 편지는 기념일이 며칠 지난 후에 나에게 전해져 아날로그 감성을 더 북돋운다. 지난 생일에는 3일 가량 늦었던 것 같다. 늦은 편지도 그 나름대로 기분이 좋다.

대화를 통해 서로의 일상을 빠짐없이 공유하고 있지만, 편지에 묻어나는 목소리는 그래도 특별하다. 편지지에 '오빠에게'라고 쓰면 '밥'이나 '회사'나 '주말 계획' 따위에 잠깐 밀려있던 남편에 대한 애틋한 마음이 앞다투어 밖으로 나오려고 소란을 피운다. 그런 마음을 한 글자씩 옮겨 적은 편지 속 언어들은 일상의 언어들보다 밀도가 높다. 그래서 편지를 받으면 보고 또 보게 되나 보다. 시간이 지나고 잉크가 옅어질수록 그 밀도는 더 높아지는 것 같다.

연애 시절 주고받은 교환일기의 일부를 옮겨본다.

2016년 3월 24일 수일

내가 왜 너를 좋아할까 한 번 생각해봤어…. 사무실에 허리 곧게 세워 앉아있는 모습, 과자 먹으러 달려드는 니 모습, 새로운 것에 호기심이 가득한 니 모습, 재밌는 얘기로 엉뚱한 얘기로 나와 그리고 다른 사람들을 재밌게 해주는 니 모습, 까랑까랑한 목소리를 가진 너, 그냥 너, 예지, 예지대리, 니가 니 모습일 때 나는 제일 니가 좋은 것 같다.

그래서 생각한 내 역할은 니가 니 모습으로 살게 해주는 것!

나와 함께 있을 때도 니 모습으로 살게, 웃게 해주는 거라고 생각해.

2016년 8월 4일 예지

이틀째 술 마시고 눈이 빨개진 오빠와 헤어지고 내 방에 누웠어. 매일 아침에 오빠 카톡에 깨어나고 오빠 차를 타고 회사에 가서 하루 종일 서로의 시선이 닿을 수 있는 곳에 있다가 다시 오빠 차를 타고 집에 오고 밤늦게까지 놀다가 헤어져서도 카톡을 주고받다가 비슷한 시간에 잠들기를 5개월째.

질릴 만도 한데 아직도 난 오빠가 보고 싶다. 아직도 헤어질 때마다 아쉽고 회사에서도 계속 말 걸고 싶고 시간이 지날수록 더 사소한 일로도 금방 삐치는 내가 스스로도 신기해.

이만큼 친하게 지냈던 사람이 내 인생에 또 있었을까. 내 기억이 맞다면 없을 거야.

2016년 9월 24일 수일

'고마워, 예지야.'

항상 말하려구. 날 위해 선물을 샀을 때, 데이트 하는 날 예쁘게 꾸미고 왔을 때, 날 위해 음식을 만들 때, 내 허리 아플까 봐 자세를 바로 잡아줄 때, 날 보며 웃을 때, 뽀뽀해줄 때, 같이 산책해줄 때, 내가 '남자들'과 술 마시고 와도 그러려니 해줄 때, 나랑 영화 봐줄 때, 자기 빼고 맛있는 거 혼자 먹고 왔는데 '잘 먹고 왔어?'라고 말할 때도.(어쩌다 보니 희망사항도 적혔다ㅋㅋ)

2016년 10월 5일 예지

살사동호회에서 다음 단계 신청해 보고 싶어!

그대의 승인을 기다리겠음.

결재	

2016년 10월 11일 수일

자기는 분명 그대로일 텐데…. 난 왜 자기의 다른 매력을 발견하게 되는 걸까! 매력덩어리.

2017년 3월 17일 예지

'결혼'에 대해서, '결혼식'에 대해서 생각해봤는데,

 1. 돌이킬 수 없는 신분(=유부녀)이 되는 날

 2. 늘 스스로는 내가 주인공이라고 생각해왔지만, 그날만큼은 다른 이들도 나를 주인공이라고 생각해주는 날

 3. 나의 지나온 역사(친구들, 지인들, 한때 소속되었던 공동체들)를 한자리에서 만나는 날

 사실은 미숙하고 모자란 데 많은 나인데도 단 한 번 내 탓을 한 적이 없는 수일! 칭찬에 춤추고 비판에 의기소침해 하는 나에게 오빠는 결혼 준비에서뿐 아니라 앞으로의 인생에서도 최고의 파트너일 거라고 확신해!

2017년 3월 21일 수일

나를 선택해줘서 고마워…. 내가 늦게 마치더라도 이것 하나만은 약속할게. 집에는 내가 항상 데려다줄게(아반떼로, 또는 술 마신 날에는 걸어서).

알콩달콩, 행복하게, 서로 배려해주며, 껌딱지처럼, 늙어서도 사랑한다는 말 부끄러워하지 않는 부부가 되자! 나는 준비가 되어있다!

주말부부

잠에서 깨어 깜깜한 벽과 마주하고 누워있었다. 문득 외로운 기분이 들었다. 그때 인기척이 느껴졌다. 누군가의 들숨과 날숨이 교차하는 소리. 온몸에 돋았던 소름이 안도로 바뀐 순간은 뒤늦게 내 옆에 누운 사람의 존재를 깨달았을 때다. 이미 떠난 줄 알았던 남편이 지난밤 그대로 내 옆에 누워있었다.

'아, 아직 안 갔구나.'

나는 구부린 몸을 반쯤 펼쳐 그에게로 바짝 다가갔다. 밤사이 데워진 남편의 다리에 내 다리를 툭 얹었다. 그 순간 순식간에 사라지는 외로움, 그리고 외로움이 빠져나간 자리로 잽싸게 채워지는 행복이 느껴졌다. 남편과 주말부부를 시작한 지 2개월째 되던 어느 월요일 아침의 일이다.

초등학교 3학년 때쯤이었나. 내 방을 갖고 싶다고 조르는 나를 위해 부모님은 창고처럼 쓰던 공간에 장판을 깔고 벽지를 발라 방을 만들어주셨다. 손재주가 좋은 엄마는 나무를 구해다 손수 침대까지 만들어주셨는데, 그 무렵부터 결혼하기 직전까지 대부분의 나날을 혼자서 잠들고 혼자서 깼다.

부모님과 함께 살 때는 머리를 풀어헤치고 잠들면 귀신이 나타나서 머리카락을 센다는 괴담, 책상 의자를 빼두면 귀신이 거기에 앉아서 잠든 나를 내려다본다는 괴담 때문에 누워 있다가 겁이 나 엄마의 겨드랑이를 파고들 때도 있었다. 하지만 비집고 들어갈 겨드랑이도 없었던 자취생활 동안에는 '귀신은 무슨, 나올 테면 나와 보라지.'라며 스스로 대담해져야 했다.

혼자 잠들고 깨면서 딱히 위험을 느끼지도 않았다. 가끔 혼자 사는 여자들이 성폭행이나 살인사건의 피해자로 등장하는 뉴스를 보면 잠시 두려움에 떨다가도 긴급 상황의 탈출 시나리오를 머릿속으로 그려보며 나름의 대비책들을 마련해두곤 했었다.

아침을 거르는 것이 습관인 사람들이 점심때까지 허기를 느끼지 못하듯, 혼자에 익숙한 내게는 혼자인 데서 오는 외로움이 거의 없었다. 오히려 혼자라서 할 수 있는 것들을 좋아했다. 학창 시절에는 잠자리에 엎드려서 라디오를 듣거나 같은 반 친구들에게 편지를 썼고, 자취 생활 중에는 영화를 보거나 책을 읽었다. 스마트폰이 보편화되고는 하고 싶은 게 너무 많아져서 오히려 시간이 부족했다. 외로움이 들어올 자리 따윈 눈곱만큼도 없었다.

결혼을 하자 함께 잠들고 깨는 사람이 생겼다. 나란히 엎드려 책을 읽거나 웹툰을 보거나 먹방을 보거나 음악을 듣는 사람. 딱히 무얼 하지 않아도 도란도란 머릿속에 떠오르는 생각들을 순서 없이 던지고 받다 보면 어느새 자정을 훌쩍 넘기는 날이 많았다.

폭신폭신한 남편의 팔을 끌어당겨 내 머리를 얹고 누우면 남편은 10분도 채 못 되어 딱해 보이는 표정을 지으며 "무거워~"라고 말했고, 나는 눈을 치켜뜨고 "내 머리가 뭐가 무거워~"라고 말하며 남편의 팔 옆에 나란히 받쳐두었던 베개로 무게중심을 이동시키곤 했다.

겨울이 코앞이던 어느 밤에는 남편이 갑자기 여름 이불을 가지고 나타났다.

"갑자기 웬 여름 이불이야?"

"새벽마다 추워서. 누가 밤사이에 이불을 둘둘 김밥처럼 말고는 안 줘."

"헐! 누가? 도대체 누가?"

"글쎄. 아무튼 오늘 밤에는 추위에 떨지 않겠어!"

그렇게 이불을 사수하고야 말겠다는 결연한 의지를 내비치는 남편과 나란히 잠들고, 다음날이면 여름 이불까지도 빼앗겼다며 억울한 표정을 짓는 남편과 함께 일어나는 생활이 1년간 반복되면서 이제는 잠들고 깨는 것조차도 혼자가 아닌 둘이서 함께해야 당연한 일이 되었다.

그런데 남편이 두 달 전 안산으로 장기 출장을 가게 되었다. 남편은 일요일 밤이나 월요일 새벽에 올라가서 금요일 밤에 다시 진주로 내려온다. 3대가 덕을 쌓아야 할 수 있는 것이 주말부부라지만, 아직 신혼인 우리에게는, 적어도 내게는 매우 절망적이다. 아침에 일어나 밥을 먹고, 회사에 가고, 돌아와 다시 잠들기까지 내내 남편의 빈자리가 느껴진다.

그와 함께 살기 전, 매일 밤 잠들기 직전의 내 발이 어디에 놓여있었으며 몸은 왼쪽을 보고 누웠었는지 오른쪽을 보고 누웠었는지, 누워서 잠자리에 들기 전까지 무얼 하며 보냈었는지, 모든 것이 어색하기만 하다. 남편과 함께 보낸 1년여의 시간이 그 이전의 30여 년을 낯설게 만들어버렸다.

그뿐만이 아니다. 함께 있을 때는 보이지도 않던 거울이 어찌나 무서운지 자꾸만 눈이 가고, 커튼 뒤로는 그림자가 어른거리는 기분이다. 문고리는 또 왜 이렇게 약해 보이는지, 누가 마음만 먹으면 맨손으로도 부수고 들어올 것 같다.

남편의 부재를 통해서 그의 존재의 소중함을 어느 때보다 뼈저리게 느낀다.

그래서 남편을 만나는 주말이 엄청 애틋한가 하면 꼭 그렇지도 않다. 이틀뿐인 주말이라고 내내 서로를 바라보고 있는 것도 아니다.

하지만 각자 할 일을 하면서도 단지 같은 공간에 있다는 이유로 마음이 훨씬 편하다. 자주 찾아뵙지 못해도 가까이 있을 때면 멀리 있을 때보다 안도하시던 부모님의 마음도 이랬겠구나 싶다.

우리야 고작 3개월짜리 주말부부지만, 직장동료나 친구들 중에는 기약 없는 주말부부도 꽤 많다. 어디선가 주말부부의 비율이 전체 신혼부부 중 20%를 차지한다는 통계를 본 적이 있다. 우리 회사의 어느 남직원은 심지어 아내가 중국에서 근무하고 있어 한 달에 한 번 만나기도 힘들다고 한다.

다섯 쌍 중 한 쌍의 부부가 우리처럼 떨어져 지낸다고 생각하니 마음이 짠하다. 무엇보다도 콸콸콸 흘러가는 인생에서, 가장 사랑하는 사람과 보내는 시간이 고작 7분의 2, 혹은 30분의 2, 혹은(기러기 아빠들의 경우) 365분의 10 정도에 불과하다면 너무 억울하지 않은가.

우리는 적어도 서로가 늙어가는 모습을 눈치챌 수 없을 만큼 가까이서 지켜보며 살고 싶다.

우리 집에서 가장 따뜻한 곳은?

오빠가 있었던 곳

(열이 많아서)

감자

"자기는 감자를 싫어해."

연애 때라면 "갑자기 웬 감자?"라고 물었겠지만 지금은
"오빠 감자 먹고 싶구나!"라고 말한다.

"응. 난 감자를 좋아한다구."
"그럼 이번 주말에 감자볶음 해 먹을까?"
"응!"

이렇게 우리가 같이 하고 싶은 일이 하나 더 생겼다.

스킨십

사람의 피부가 로봇처럼 단단하고 강한 소재로 만들어졌다면 외부 충격에 훨씬 더 잘 견디고 교체나 수선도 쉬울 것이며 주름도 쉽게 생기지 않을 텐데, 왜 피부는 말랑말랑하게 만들어졌을까.

스킨십을 해보면 알 수 있다. 피부가 말랑말랑해서 좋은 이유를.

단단하고 차가운 로봇과의 포옹, 혹은 로봇끼리의 포옹을 상상하면 포근함은커녕 쇳소리만 떠오른다. 사람은 서로의 체온을 통해 안정을 느끼고 살갗을 맞대며 사랑을 나누는 존재로 만들어져서 거기에 어울리는 말랑말랑한 피부가 주어졌나 보다.

우리의 첫 스킨십은 어느 평일 밤의 산책길에서였다. 꽤 추웠던 그 겨울밤, 나는 주머니에 넣어두었던 손을 이따금씩 밖으로 끄집어냈다가 슬그머니 다시 집어넣기를 반복하고 있었다. 그때 남편의 손은 부자연스럽게 내 곁으로 다가오다가 다시 돌아가기를 반복하는 중이었다. 우리의 두 손이 술래잡기를 하듯 서로를 쫓다가 마침내 맞닿은 순간, 그 마주친 손바닥 사이에서 설렘이라는 간질간질한 물질이 만들어져서 팔을 타고 온몸으로 퍼졌다. 남자의 손을 잡은 것은 처음이 아니었지만 이 남자의 손은 처음이라, 떨렸다.

여느 커플들처럼 손을 잡다가 팔짱을 끼고, 허리 뒤로 팔을 두르고, 서로의 어깨에 기대고, 포옹을 하고 입술을 맞추며 우리는 가까워졌다. 합숙소에 살던 우리라 만날 수 있는 시간은 제한적이었고 그래서 스킨십도 더 애틋했다. 주어진 시간 동안 우리는 서로의 몸에 매달린 듯 꼭 붙어 다녔다.

처음의 '설렘'은 서로에게 익숙해지면서 '안정감'이나 '편안함'과 같은 감정들에게 조금씩 자리를 내주었지만 여전히 그는 눈앞에 있으나 없으나 안고 싶고 만지고 싶은 사람이다.

연인 관계를 청산하고 부부 관계가 되면서 스킨십에도 많은 변화가 생겼다. 마음만 먹으면 하루 24시간도 붙어있을 수 있고, 눈치 보지 않고 서로에게 밀착할 수 있는 우리만의 공간도 생겼다.

내 몸에는 내가 직접 볼 수 없는 곳들이 몇 군데 있다. 정수리나 등, 종아리 뒤편과 같은 곳들이다. 남편도 마찬가지다. 자신의 눈으로 직접 볼 수 없는 곳들 중에는 가장 친한 친구나 부모님께서도 직접 봐주기에 곤란한 부분들이 있다. 그래서 남편의 몸 구석구석의 안부를 살피는 것은 유일하게 나만이 할 수 있는 고유역할이다.

"어? 오빠 여기에 털이 있었네?"

"그래?"

"뽑아줄까?"

"아니… 아아악!!!!!"

나는 이렇듯 주어진 역할을 비교적 충실하게 수행하고 있다.

텔레비전에 집중하느라 방심한 틈을 타 남편의 뱃살을 덥석 움켜쥐는 것이 그가 가장 싫어하는 스킨십이라면, 뱃살을 방어하기 위해 몸을 비튼 그의 겨드랑이에 손가락을 집어넣어 간지럽히는 것은 내가 가장 좋아하는 스킨십이다.

술래잡기하듯 서로의 손을 쫓는 대신 자석처럼 철썩 붙어있는 것이 생활이 되었다. 내 오른손이 왼손을 맞잡는 것보다 오히려 남편의 손을 잡는 것이 더 자연스러울 정도다.

아침에 일어나면 서로의 몸을 끌어당겨 심장박동이 느껴질 만큼 힘껏 껴안는 것으로 하루를 시작한다. 빈 의자를 두고도 괜히 남편의 무릎 위에 앉아보고 지나가는 남편의 앞으로 다리를 들어 길을 막고서서 한 번 더 안아본다. 잠들기 전에는 다리를 남편의 허리에 툭 걸쳤다가 다리에 툭 걸쳤다가, 머리를 남편의 어깨에 얹었다가 가슴에 얹었다가. 길에서도 차에서도 언제나 한 손은 서로에게 닿아있다.

하지만 사랑이 넘쳐도 스킨십이 언제나 환영받는 것은 아니다. 음식이 묻은 입술로 뽀뽀를 하거나 땀 냄새 진동하는 셔츠를 입고 두 팔 벌려 다가오는 것은 피하고 싶은 스킨십이다. 그래서 우리 집에서는 식사 후 양치 전까지 뽀뽀는 금지다. 미세먼지가 심한 날에는 샤워를 하기 전까지 포옹도 금지다. 이렇게 깨끗한 상태에서만 스킨십이 허용되다 보니 장점도 있다. 몸을 씻거나 양치를 하는 것이 일종의 스킨십 '신호'가 된 것.

볼일을 보는 척 욕실에 들어가서는 젖은 머리를 털어내며 나오는 남편에게 능청스럽게 "갑자기 왜 씻었어?" 물으면 남편이 짓궂은 표정을 지으며 다가온다.

스킨십을 위해 게으름을 포기하는 애틋한 관계가 언제까지 유지될지는 모르겠다. 오래된 부부들 중에는 스킨십은커녕 같이 있어도 서로를 본체만체하는 경우가 많다고 하니까. 지금으로서는 우리 부부에게도 과연 그런 날이 올까 싶지만 대부분의 부부들이 그렇다면 우리라고 예외일 수는 없겠지.

다만 스킨십에서 오는 행복감은 다른 행위로 대체할 수 있는 감정이 아니므로 우리 부부에게 변화가 찾아오는 시기를 최대한 미뤄보고 싶다. 평생 미룰 수는 없고 딱 90세까지만? 90세까지 서로 손 꼭 잡고 기대고 안고 비비며 둘로 살다가 91세부터는 다시 각자로 존재하는 거다. 그쯤이면 남편이 내 손을 잡고 싶어 하지 않아도 무심히 웃어넘길 수 있지 않을까? 아니려나.

그나저나 서로 기대면 두 사람 모두가 편안함을 느끼는 것이 참 신기하다. 서로에게 무게를 실으며 동시에 서로의 무게를 덜어주는 것인데, 상대의 무게는 느껴지지 않고 내 몸이 편해지는 기분만 드니 말이다. 서로 기대는 것은 그런 점에서 매우 실용적인 자세다.

남편과 서로 자주 기대야겠다. 몸도 마음도.

심쿵의 순간들

벚꽃이 흩날리는 밤, 입사동기 집들이에 갔던 남편에게서 전화가 왔다.

"뭐해?"

'뭐해?'라는 말은 다른 용건을 숨기고 있을 때가 많다. '보고 싶다' 라거나 '심심하다'라거나. 연애 때는 주로 '만나자'는 의미가 숨겨져 있던 남편의 '뭐해?'에 오늘은 어떤 용건이 숨겨져 있을까 궁금해하 며 대답했다.

"열 시에 드라마 보려고 기다리는 중! 오빠는?"

"집에 가는 길. 혹시…. 아냐! 드라마 봐."

'혹시' 뒤에 말 줄임표가 따라붙는다면 모름지기 한 번 더 물어주 는 것이 예의.

"혹시 뭐?"

"좀 걸을까 했지. 근데 너 귀찮겠다. 들어갈게."

"아냐. 나갈게."

나는 드라마 속 남주인공을 버리고 현실 속 남편을 선택했다.

결혼 전에는 퇴근 후 매일 밤마다 집 주위를 걷곤 했었는데, 결혼 후에는 산책을 하는 빈도가 퍽 줄었다. 집 앞에 걷기 좋은 공원이 있다며 좋아했었는데 그 공원을 함께 거닌 적이 손에 꼽힐 정도다.

운동화를 신고 막 나서려는데 전화벨이 또 울렸다.

"아직 나오지 마. 집 앞에 도착하면 전화할게."

먼저 나와 기다릴까 봐 전화를 준 남편의 배려에 마음이 쿵, 이른바 '심쿵의 순간'이었다. 하얀 벚꽃 잎들도 내 마음을 읽은 듯 가로등 불빛을 온몸으로 받아내며 유난히 예쁘게 흩날렸다.

매일 보고 서로에게 익숙해지면서 이제는 가족이자 친구, 또는 흔히들 말하는 인생의 동반자로서 편한 관계가 되어가고 있지만, 우리가 처음 만났을 때처럼 남편에게 새삼스럽게 반하는 순간이 불쑥 찾아올 때가 있다. 벚꽃 흩날리는 날 전화 너머로 건넨 '아직 나오지 마'라는 말처럼 아주 사소해서 남들은 '도대체 왜?'라고 반문할지도 모르는 상황에 나 혼자 느끼는 난데없는 심쿵의 순간들이다.

지난달에는 남편이 업무로 눈코 뜰 새 없이 바빴었다. 퇴근 후 집에 와 드라마도 보고 책도 보고 씻고 잠자리에 누울 때까지도 귀가한 남편의 얼굴을 볼 수 없었다. 나는 먼저 침대에 누워있다 인기척이 느껴지면 일어나 몇 마디 대화를 나누고 다시 잠들곤 했었는데 하루는 깊이 잠들어 한 번도 깨지를 않았다. 그런데 아침에 일어났더니 남편이 없는 것이 아닌가. 당연히 있어야 할 사람이 보이지를 않자 괜히 불안했다.

"오빠!"

불러도 대답 없는 남편의 안부를 확인하기 위해 휴대폰 대화창을 열어보았지만 지난밤 대화가 마지막이었다. 일단 욕실로 갔다. 거울로 자연스럽게 시선이 갔다. 벽면에 걸린 수건걸이가 거울에 반사되어 눈에 들어왔다. 새것으로 교체된 남편의 수건이 그곳에 있었다. 순간 마음이 쿵, 울렸다. 이번에도 역시나 난데없이 찾아온 심쿵의 순간이었다.

내가 모르는 사이 내 옆에서 나란히 잠을 자고 아침이 밝기 전 조용히 일어나 잠든 나를 사랑스러운 눈으로 바라보며 떠났을 남편을 상상하자 괜히 설레었다. 사실 남편은 내가 누워있는지 없는지도 모를 만큼 피곤한 상태로 돌아와 무거운 몸을 겨우 침대에 걸쳐두었다가 몇 시간 만에 힘겹게 일어나 내 존재를 확인할 겨를도 없이 나간 것인지도 모르는데 말이다.

어쨌든 나는 칫솔을 입에 문 채 방으로 돌아와 남편이 잠깐 머무른 자리를 보면서 일방적으로 느낀 심쿵의 순간을 마음에 새겨두었다.

심쿵의 순간은 일관된 패턴도 없고 예고도 없다. 남편이 내 키에 맞추어 고정해둔 샤워기에도 쿵,(알고 보니 그 샤워기의 나사가 풀려서 우연히 맞춰진 것을 알았을 때도 다른 의미에서 쿵) 내가 좋아하는 오렌지를 회사 냉장고에서 발견하고 슬쩍 가져다 줄 때도 쿵, 많은 사람들이 타고 있는 엘리베이터에서 속삭이는 '안녕'에도 쿵.

가끔 오랜만에 만났을 때는 얼굴을 보는 것만으로도 심쿵한다. 나는 친정에서, 남편은 서울 사는 친구네서 놀다가 며칠 만에 만난 일요일 오후, 트렌치코트를 입고 운전대를 잡은 남편의 얼굴을 슬쩍슬쩍 훔쳐보는데 마치 짝사랑 오빠와 버스에서 마주친 것처럼 마음이 쿵쿵 뛰었다. 전날 밤까지만 해도 드라마 주인공 정해인이 귀여운 외모와 행동으로 내 마음을 차지하려 들던 비상 상황이었다. 하지만 오랜만에 만난 남편이 거짓말처럼 잽싸게 다시 내 마음을 차지하고 들어왔다.

"오빠, 참 잘 생겼다."

대뜸 건넨 내 말에 운전대를 잡은 남편이 눈을 가늘게 뜨고 쳐다보았다. 무슨 꿍꿍이냐는 듯.

그 모습이 귀여워 피식 웃음이 터져 나오고 말았다.

"뭐야? 왜 웃어? 거짓말하고 찔려서 그러지?"

"거짓말이라니. 진심이야! 진심으로 잘생겼다고."

그런 대화를 하다가 또 한 번 웃음이 터져 나온다. 내 웃음소리에 삐죽 입술을 내밀며 연신 투덜대는 남편, 어쩌면 남편에게도 심쿵의 순간이 찾아왔었는지 모른다.

남편은 이제 정해인조차도 넘볼 수 없는 커다란 의미가 되었다. 그렇다면 정해인도 넘볼 수 없는 남편이 사랑하는 나는, 손예진을 이긴 셈일까? 이렇게 터무니없는 논리로 우리 부부의 삶이 특별하고 소중하다는 사실을 일깨운다.

남편은 때로는 멋있고 때로는 귀엽고 때로는 착하고 때로는 이 모든 매력들이 동시에 복합적으로 나타나서, 남편이 만들어낸 심쿵의 순간들도 제각기 다른 패턴으로 찾아오나 보다.

결혼을 잘 했음을 증명하는 방법

어제의 선택이 옳았음을 증명하는 방법

: 오늘 최선을 다하기

내가 결혼을 잘 했음을 증명하는 방법

: 지금 행복하기

남편

미용실에 갔다. 남자친구였던 남편을 따라 결혼 전에 두어 번 갔던 곳. 오늘은 혼자다.

노란색으로 머리를 물들인 미용실 직원이 다가와서 물었다.

"회원이세요?"

'아니오.'라고 대답하려다 혹시나 하고 "저는 아닌데, 남… 남… 남……." 하며 머뭇거리고 있었다. 그러는 사이 직원이 되묻는다.

"남편이요?"

"네! 남편……."

아직 입에 붙지 않은 호칭을 대신 말해주어 얼마나 고마웠는지.

여전히 남편이라는 호칭이 어색하다. 둘이 있을 때는 '오빠'라고 부르고 회사에서는 '정수일 대리'라고 부르니 익숙해지는데 시간이 오래 걸리는 것 같다.

돌이켜보니 태어나서 누구에게도 '남편'이라고 불러본 적이 없다. 첫 결혼이니 당연하지만 새삼 감격스럽다. 여태 '남편'이라는 이름을 붙여줄 사람이 단 한 명도 없었다는 사실이. 여보, 당신, 신랑, 서방, 남편……. 남편을 부르는 다양한 호칭이 존재하지만 세상 사람들 중에 내게 그 호칭을 들을 수 있는 오직 단 한 사람이 남편이라고 생각하니 흔하다고 여겨왔던 호칭이 특별해지는 기분이다. 비로소 '남편'이라고 부를 수 있는 사람이 내게도 생겼다는 사실이 낯설고 신기하다.

봉지에서 막 꺼낸 따끈따끈한 빵처럼, 내게는 아직 새것인 이 호칭이 조심스럽다. 모든 처음이 그렇듯 당연히 어색한 거라고 위안 삼으며 애써 '남편'이라는 호칭에 익숙해지려고 노력하지는 말아야지. 시간이 흐르며 자연스러워지는 과정도 소중하거니와, '남편'이라고 부르지 않는다고 '남편'이 아닌 게 되지는 않으니까.

문득 우리 회사 차 대리님이 떠오른다. 결혼 4년 차, 두 발로 뛰어다니는 귀여운 아들까지 두고도 그는 여전히 '아내'를 '여자친구'라고 부른다. '어제는 여자친구가 피곤해 해서 하루 종일 집에 있었어.'와 같은 표현으로 사람들의 오해를 부르는 그를 보면 누구나 한마디씩 한다.

"왜 아내를 여자친구라고 부르세요?"

그러면 그는 마치 준비해두었던 것처럼 대답한다.

"연애 때처럼 설레고 싶어서요. 호칭이 관계를 많이 좌우하잖아요. 부부라고 마냥 편하고 익숙해져 버리기만 하는 건 왠지 아쉬워요."

결혼 전부터 인기가 많았던 그가 대외적으로 미혼의 이미지를 유지하기 위해 사용하는 호칭이라는 의심을 완전히 거두지는 못했지만, 그의 말에도 일리는 있다고 생각했다. 확실히 '여자친구'를 대하는 그의 말투에서는 설렘이 드러나기 때문이다.

하지만 내게는 지금 '남편'이라는 말보다 설레는 말이 없다. 흔해빠진 '남자친구'는 더 이상 설레는 단어가 아니다. 내게 단 하나뿐인 남편의 존재처럼, '남편'이라는 말은 비록 그 생김새가 종종 '남의 편'으로 비하되어 예쁘지는 않지만 소중하다.

다행히 남편이 미용실 회원으로 가입되어 있어 번거로운 절차 없이도 회원 할인 혜택을 받았다. 할인율은 무려 20%.

그나저나 미용실 직원은 어째서 바로 '남편'이라는 말을 떠올렸을까. '남친'일 수도 있었는데. 곱씹다 보니 기분이 묘하다. 결혼 몇 달 만에 미혼의 흔적은 내게서 사라져 버린 걸까. 혹시 이런 이유로 차대리님은 여전히 '아내'라는 말 대신 '여자친구'를 고집하는 걸까.

나 삐쳤어

남편이 이상하다. 묻는 말에 대답도 건성이고 눈길도 주지 않는다. 같이 보는 드라마가 시작했는데 휴대폰만 만지작거린다. 우리에게도 권태기가 찾아온 것인가. 내심 서운한 마음이 들어 남편에게로 다가갔다.

"뭐해?"

"휴대폰 봐."

"휴대폰으로 뭐 보는데?"

"그냥. 이것저것."

무뚝뚝한 말투에 자존심이 상해 다시 텔레비전 앞으로 돌아왔는데도 찝찝한 마음이 가시지 않는다. 10분이 채 못되어 다시 남편에게로 다가갔다.

"오빠 왜 그래?"

"나 좀 삐쳤어."

머리를 한 대 얻어맞은 기분이다. 기분 좋은 주말, 내 기억에는 아무 문제도 없었는데 도대체 내가 모르는 무슨 일이 있었던 걸까, 기억을 되짚어본다.

　오전 11시경, 우리는 느지막이 일어나 씻지도 않고 찜질방에 갔다. 회사 동생이 고기를 구워 먹을 수 있는 이색 데이트장소라고 추천해 준 고성 찜질방이다. 가는 길에 바다 근처에 내려서 사진도 찍고, 찜질방에서는 맛있게 고기도 구워 먹고, 잠깐이지만 찜질도 하며 즐거운 시간을 보냈다.

　저녁 무렵 돌아오는 길에도 문제는 없었다. 남편도 나만큼이나 기분이 좋은 상태로 이런저런 대화를 나누었다. 우리는 정식집에 들러 푸짐하게 나온 한 상을 사이좋게 나누어먹었다. 거기서는 회사 사람들 이야기도 하고, 벽에 걸린 달력을 보며 앞으로의 계획도 이야기했다. 그러다 남편이 물었다.

　"들어가면서 영화 볼까?"

　"좋지!"

　볼만한 영화가 있는지 검색하는데 시간대가 맞는 영화는 '독전'뿐이었다. '독전'은 다음 주에 회사 여직원회에서 단체관람이 예정된 영화였다. 남편이 말했다.

　"'독전' 엄청 재미있나 보다. 죄다 '독전'이네."

　"그런가 봐. '독전'은 안 되는 거 알지?"

　"응. 알지. 딱히 볼 게 없네."

　"그러게."

그쯤에서 다른 화제로 넘어갔던 것 같기도 하고, 대화 없이 밥만 먹었던 것 같기도 하다.

"왜 삐친 거야?"

"말해도 자기는 이해 못 할 거야."

"말해줘. 이해할 수 있어."

"아냐. 이해 못 해."

삐쳤다고 말했을 때는 분명히 그 이유도 말할 생각이 있다는 것을 나는 경험으로 알았다. 사실 '나 삐쳤어'는 주로 내가 쓰던 말이기 때문이다.

"그래도 말해줘. 나도 알아야지."

"아까 영화 이야기할 때, 자기가 단칼에 '독전'은 안 된다고 말하니까…."

영화 때문에 남편이 삐쳤다는 사실보다 꽤 시간이 흐른 지금까지도 내가 그 사실을 전혀 눈치채지 못한 것에 나는 더 당황했다.

"…나도 알아. 자기가 여직원회에서 '독전' 보기로 한 거. 그래서 이해는 되는데 너무 단칼에 안 된다고 해버리니 좀 서운하더라고."

생각해 보니 수십 명이 다른 관객들과 섞여 함께 보는 단체관람에서 내 참석의 유무가 큰 의미를 가지는 것도 아닌데 영화 파트너는 나뿐인 남편이 보고 싶어 하는 영화 앞에서 그렇게 단호했어야만 했나 싶은 후회가 들었다.

"미안. 지금이라도 보러 가자!"

"됐어. 지금은 너무 늦었어."

"아직 삐쳐 있잖아. 보자."

"그래서 보는 건 안 보는 것보다 더 싫어."

　결국 남편은 나보다 먼저 극장에 가서 혼자 '독전'을 보고, 내게 스포 아닌 스포를 함으로써 자신을 서운하게 만든 대가를 톡톡히 치르게 했다.

　연애 초기, 남편이 내 기분을 눈치채지 못 할 때면 "나 삐쳤어."라는 말로 대화의 물꼬를 트곤 했었다. 당황하며 본인이 잘못한 부분이 무엇인지를 되짚어 사과하는 역할은 언제나 남편의 몫이었다. 그래서 남편이 수습을 할라치면 "내가 삐쳤기 때문에 하는 건 더 싫어."라고 덧붙였다. 하지만 그런 대화 이후에는 자연스럽게 마음이 풀리곤 했었다.

　그런 남편이 먼저 "나 좀 삐쳤어."라고 말한 것은 대단한 발전이다. 기분이 나빠도 속으로 삭이고 언제나 웃는 얼굴이라 회사에서도 '보살'이라고 불리는 남편이 어떤 식으로든 서운함을 표현하는 것이 얼마나 다행인지 모른다. 나쁜 감정을 바로 비워야 남편의 마음에도 언제나 좋은 감정만 가득할 테니까.

상상임신

며칠 전부터 몸이 따뜻하다. 사무실에서도 집중력이 곧잘 흐려지고 종종 하품이 나오기도 한다. 식욕은 늘어서 배가 부른데도 손은 간식거리를 찾고 있다. 그러고 보니 아랫배가 볼록하고 피부도 부쩍 거칠어졌다. 남편에게 증상을 말했다.

"혹시, 나 임신한 걸까?"
남편이 동그래진 눈으로 내 얼굴을 뚫어지게 바라보고 손발을 조물조물 만져보더니 말한다.
"더워서 그런 거 아닐까?"
그러고 보니 내 피부에 닿은 남편 손이 훨씬 뜨겁다.
임신을 준비하고부터 생리 예정일이 다가오기만 하면 상상임신 증상이 시작된다. 처음에는 잘 속아주던 남편이 이제 웬만한 증상에는 끄떡도 않는다.

결혼 전에는 임신에 대해 생각해 본 적이 없었다. 그 흔한 산전검사도 받아보지 않았다. 결혼 후에도 우리가 그리는 가까운 미래에는 언제나 남편과 나, 둘뿐이었다. 남편도 아이를 갖고 싶은 사람처럼 보이지는 않았다. 오히려 그는 가끔 "아기가 생기면 서로에게 뒷전이 될까 봐 걱정."이라는 말을 하곤 했다.

나는 식물 하나를 집에 들일 때도 신중한 편이다. 물을 주고 빛을 따라 자리를 바꿔주며 책임을 져야 한다는 부담 때문이다. 평생 강아지 한 마리 키워본 일이 없었다. 누군가를 온전히 책임져 본 경험이 없는 내가 아이를 낳고 기를 수 있을까. 아무것도 하지 못하는 아이의 눈과 귀와 손과 발이 되어줄 수 있을까. 솔직히 자신이 없었다.

하지만 우리 계획과 무관하게 결혼 전에는 "시집은 안 가냐."던 단골질문이 "애는 언제 낳을 거냐."는 질문으로 바뀌어 돌아왔다. "애도 낳을 거냐."고 묻는 사람은 없었다. 결혼을 했으니 당연히 가질 거라고 생각하는 것 같았다. 결혼 전에는 무슨 이유에서인지 "애는 5년쯤 지나서 가져라."시던 아빠도 얼마 전부터는 아이 이야기를 넌지시 꺼내신다. 우리 어머님은 심지어 태몽까지 꾸셨다고 한다.

이렇듯 쏟아지는 관심과 질문은 우리에게 아이를 가지고 싶은지 그렇지 않은지를 진지하게 고민하게 했다. 그런 고민은 아이들에게로 향하는 시선에도 변화를 주었고, 은연중에 건강도 챙기게 만들었다. 그러는 사이 결혼을 한지도 1년이 훌쩍 지났고 우리는 마음으로 먼저 아이를 받아들였다.

임신을 준비하면서 나는 출산 후 휴직에 들어갈 것을 감안해 아파트 중도금 납입 계획과 휴직 이후의 자기계발 계획을 미리 짜두었다. 임신 초기에는 몸에 무리가 가면 안 되니 여행 계획도 미루었다. 임신이 되었다고 생각한 순간부터는 술도 입에 대지 않았다. 그런데 있을 예정이었던 아이가 뱃속에 없었다. 실패였다.

수학 문제에 알맞은 식을 넣으면 답이 나오듯 임신도 공식만 맞추면 뚝딱 될 줄 알았더니 그게 아니었다. 다음 달도, 또 다음 달도 우리는 임신에 실패했다. 더 본격적으로, 더 빨리 준비했어야 했나 싶은 후회가 들기도 하고 임신을 바라는 마음이 부족해서인가 싶기도 하다. 뒤늦게 임신에 대한 기초 상식을 하나씩 공부하고 있다.

솔직히 아직도 자신은 없다. 아이를 낳으면 남편과의 관계에 어떤 변화가 생길지 상상이 되지 않아 걱정도 된다.

요즘처럼 기온이 40도에 육박하는 날이면 10년, 20년 후 우리나라가 얼마나 더 더워질까 두렵고, 미래를 사는 세대는 우리보다 견뎌야 할 것이 많을 것 같아 염려도 된다.

아이를 가지겠다는 결심이 우리의 욕심 때문인지 아이를 위하는 마음인지, 아이를 갖고 싶은 우리 마음이 진심인지 아니면 남들을 따라가는 마음인지도 몇 번씩 자문한다.

하지만 우리의 40대에 초등학생이고, 우리의 50대에 사춘기를 지나며, 우리의 60대에 결혼 상대를 데리고 나타날 아이가 우리가 그리는 미래에 이미 살고 있어서 나의 상상임신은 진짜 임신이 될 때까지 계속될 전망이다.

얼른 오렴, 애야. 네 담당은 설거지란다.

아끼지 말기

"오늘 예쁘네."

남편의 말에 나는 화장을 하려다 말고 손거울에 얼굴을 비추어보았다. 비비크림도 바르지 않은 민낯에 햇빛이 내려앉아, 사춘기 때부터 생기기만 하고 사라지지는 않은 자잘한 흉터와 모공들이 노골적으로 드러나 있었다. 나는 눈을 가늘게 뜨고 물었다.

"혹시 놀리는 거야?"

"놀리긴. 100퍼센트 진심인데."

남편은 주문을 외우고 있는 건지도 모른다.

예쁘다. 예쁘다. 예쁘다. 예쁘지. 예쁘지. 예쁘지. 예뻐져라. 예뻐져라. 예뻐져라! 부디!

연애 시절, 남편을 만날 때는 가급적 머리를 감고 세수도 했다. 사랑하는 남자에게 추한 모습을 보여주기 싫은 대부분 여자들의 마음을 나 또한 가지고 있었으니까. 하지만 데이트를 위해 진한 화장을 하거나 일부러 옷을 사 입지는 않았다. 짧은 치마가 더 예쁘다는 걸 알면서도 주로 바지를 입고, 빨간 립스틱을 두고도 색깔이 옅은 립글로우를 주로 발랐다. 가장 예쁜 모습은 아껴두고 싶어서였다.

평생 볼 남편에게 가장 예쁜 모습을 보여주고 나면 앞으로는 점점 못생겨지는 과정을 보여주게 될 것 같았다. 그래서 아껴두고 싶었다. 나의 가장 예쁜 모습을. 언젠가 그런 모습을 보여주게 될 특별한 날을 기대하면서.

'아껴두기'는 내 오랜 습관이다. 어릴 적부터 케이크에서 가장 맛있는 부분은 마지막에 먹었고 방학이면 미리 숙제를 해 두고 남은 기간 동안 신나게 놀았다. 이런 습관에는 단점도 있다. 고모가 일본에서 사다 주신 노란색만 다섯 가지가 넘는 크레파스를 꽁꽁 아껴두다가 결국 쓰지도 못하고 초등학교를 졸업해버렸고, 냉동실에 아껴둔 아이스크림이 동생의 입으로 들어가 버린 일도 한두 번이 아니다. 미뤄둔 기쁨은 언제까지나 나를 기다려주지는 않았던 것이다.

내 생에 '최고로 예쁜 모습'도 마찬가지였다. 하루하루 나이를 먹어가며 얼굴에는 주름이 더 생겼고 기미까지 슬그머니 고개를 내밀기 시작했다. 뱃살이 은근슬쩍 허리까지 침범했고 하나둘 보이던 흰머리도 이제는 정기적으로 뽑아야 할 만큼 눈에 띄기 시작했다. 지금 아무리 예쁜 옷을 입고 화장을 해도 몇 년 전의 나를 따라가기는 어렵게 되었다. 나는 세월을 간과했던 것 같다.

상황도 달라졌다. 약속시간에 맞춰 남편 앞에 뿅 하고 나타나는 것은 연애 때라서 가능한 일이었다. 결혼 후 남편이 주로 마주하는 나는 헝클어진 머리에 흐물흐물한 잠옷을 입은 민낯이다.

지금은 옷을 주렁주렁 꺼내 들고 "뭐 입을까?", "이거 어때?"하며 코디에 남편을 동참시키는 새로운 재미가 생겼지만, 마음만큼이나 외모도 역주행은 쉽지 않다는 걸 알고 나니 영 아쉽다. 예뻐 보이고 싶은 마음 아껴두지 말걸.

아쉬움을 담아 남편에게 물었다.

"우리 조금 더 일찍 만났으면 어땠을까?"

남편이 되물었다.

"일찍이라면 언제를 말하는 거야?"

"음. 20대 때?"

"왜?"

"그때 난 지금보다 예뻤거든. 나의 가장 예뻤던 시절을 오빠가 보지 못한 것이 아쉬워."

"지금이 더 예뻐."

"무슨 소리야. 본 적도 없었으면서! 어릴 때는 더 예뻤다고!"

남편이 웃으며 말했다.

"왜 자기는 지금이 예전보다 못하다고 생각하는 거야?"

"뱃살도 생겼고 주름도 생겼고. 여러모로 못생겨졌으니까."

"그런 생각 마. 자기는 지금도 너무 예뻐. 그리고 사랑스러워."

"그래! 그 말이 듣고 싶었어."

시간을 돌려 주름을 펼 수는 없지만, 사랑이 사람을 예쁘게 만든다는 말을 믿어보기로 한다. 서로가 서로에게 웃음을 주며 살아간다면 주름이라도 예쁜 주름일 거라고.

오랜 습관이야 쉽게 버려지지 않겠지만, 아껴서 똥이 될 만한 것은 미리미리 소진해야겠다고 생각하며 나도 모르는 사이에 또 꽁꽁 아껴둔 것이 없는지 떠올려본다.

한 가지가 있다. 바로 '사랑한다'는 말.

'최고로 예쁜 모습'과 같은 이유로 '사랑한다'는 말도 아껴두고 있었다. 아끼다 보면 그 말의 가치가 점점 더 올라갈 거라고 생각했다. 희귀할수록 비싼 보석처럼.

하지만 '사랑한다'는 말을 하루에 한 번씩 총 열 번 들은 기쁨과 아흐레 동안 단 한 번도 듣지 못하다가 열흘째에 딱 한 번 들은 기쁨을 비교하면 어떨까? 하루에 한 번씩 듣는 '사랑한다' 각각의 크기와 열흘째 한 번 듣는 '사랑한다'의 크기를 비교하면 후자가 더 크겠지만, 열흘 치의 '사랑한다'와 열흘째 딱 한 번의 '사랑한다'를 비교한다면? 굳이 비유하자면 일주일간 매일 떡볶이를 먹는 기쁨의 총합이 일주일에 한번 스테이크를 먹는 기쁨보다 내게는 더 클 것 같다.

게다가 '사랑한다'는 말은 여러 번 말해도 닳거나 나이를 먹지 않으니 아껴둘 하등의 이유가 없지 않을까.

남편이 집에 오면 말해줘야겠다.
아주 많이 사랑한다고.

에필로그

며칠 전 마주 앉아 저녁을 먹다가 내가 말했다.

"난 오빠랑 결혼을 왜 했는지 모르겠어."

남편이 당황한 표정으로 내 얼굴을 빤히 쳐다본다.

"그게 무슨 말이야?"

"연애 때는 오빠를 그렇게 많이 좋아하지도 않았던 것 같아서."

"뭐? 그럼 왜 결혼했어?"

웃음기가 사라진 남편의 얼굴을 보니 더 이상의 장난은 위험해 보였다.

"아니. 지금 좋아하는 마음에 비하면 그렇다는 말이야."

남편이 그제야 웃었다.

충분히 사랑하여 결혼을 결심했는데, 막상 결혼을 하고 보니 이전의 사랑은 정말이지 장난 같다. '평생 함께 할 수 있을 것' 같던 마음은 이제 '평생 함께 하지 않을 수 없을 것' 같은 마음이 되었다.

어린 시절의 행복했던 시간들을 세세하게 떠올리지 못하듯이 우리 인생에 한 번뿐일 신혼이 잊히는 것이 두려워 조각조각 새겨두기로 마음먹은 것이 이 글의 시작이 되었다.

행복은 지난 후에 깨닫는 경우가 많지만, 우리의 신혼은 있는 그대로도 이미 행복이다. 우리가, 혹은 우리를 둘러싼 상황이 변할 수는 있겠지만 그럼에도 우리가 함께 보낸 신혼의 추억들은 여전할 것이다.

이 시간, 이 추억 기억하며 앞으로도 잘 살아보자.
무엇보다도 건강하게, 행복하게.

신혼예찬

초 판 1 쇄　2019년 1월 3일
초 판 3 쇄　2020년 8월 15일
지 은 이　김예지
펴 낸 곳　하모니북

출판등록　2018년 5월 2일 제 2018-0000-68호
주 　 소　서울 영등포구 선유로 43가길 24, 104-1002 (07210)
이 메 일　harmony.book1@gmail.com
전화번호　02-2671-5663
팩 　 스　02-2671-5662

979-11-964025-9-4 03810
ⓒ 김예지, 2018, Printed in Korea

값 15,000원

이 도서의 국립중앙도서관 출판예정도서목록(CIP)은 서지정보유통지원시스템 홈페이지
(http://seoji.nl.go.kr)와 국가자료공동목록시스템(http://www.nl.go.kr/kolisnet)에서 이
용하실 수 있습니다.
CIP제어번호 : CIP2018036673